講談社文庫

# 四谷の弁慶

## 公家武者信平《のぶひら》ことはじめ㈢

佐々木裕一



講談社

# 目次

# 四谷の弁慶――公家武者信平《のぶひら》ことはじめ(三)

# 第一話　侍の嫉妬

一

「殿、今日は良い天気ですな。どうです、新しい町の見物でもなされてみては」

背後で葉山善衛門《はやまぜんえもん》が言った。

鷹司松平信平《たかつかさまつだいらのぶひら》が振り向くと、布で鼻と口を覆った善衛門が、殿はそのようなことはなさらなくてよろしいと言い、片付けようとしていた手箱を取り上げた。

短袴《たんこ》を穿《は》き、襷《たすき》をかけた着物を埃《ほこり》で汚している善衛門は、今朝から掃除に励んでいるのだ。

「麿《まろ》は、邪魔かの」

「それはもう……」

善衛門はうなずいてはっとした。

「いや、そうではござらぬ。殿が埃を吸われて喉を傷められては困りますのでな、新しき町の散策にでも行かれたらどうかと思うたまで」

ようは、邪魔なのだ。

公家《くげ》、鷹司信房《のぶふさ》の子でありながらも庶子《しょし》であるため、門跡《もんぜき》寺院に入るしかなかった信平は、十五になると京の都を捨て、前《さき》の将軍徳川家光《とくがわいえみつ》の正室になっていた姉の孝子《たかこ》を頼って江戸に下った。

家光から五十石を賜り将軍家直参旗本として深川《ふかがわ》の地に暮らしていたのだが、尾張《おわり》藩《はん》の家老が南部《なんぶ》信勝《のぶかつ》を利用して、紀州《きしゅう》徳川頼宣《よりのぶ》を追い落とそうとした陰謀を知った信平は、密《ひそ》かにそれを阻止した。そして、徳川家の御家騒動《おいえそうどう》が世に知れることを未然に防いだ功名で五十石を加増され、四谷《よつや》に新たな屋敷《やしき》を賜ったのだ。

屋敷替えにあたり、お初《はつ》が一足先にこちらに移り、信平の監視という本来の役目をせずに掃除をしていた。だが、広い屋敷のうえに、長らく人が住んでいなかったせいで埃が積もり、鼠《ねずみ》や狸《たぬき》などが我が物顔で住処《すみか》にしていたらしく、中の様子は酷《ひど》いもの。

さすがのお初も、

「わたし一人では、どうにもなりませぬ」

とうとう悲鳴をあげた。

深川の屋敷を召し上げられる期日に間に合わぬと言って、善衛門に助けを求めたのだ。

これが、昨日のことである。

話を聞いていた信平は、いっそのこと、もう引っ越しをしようではないかともちかけた。

皆で手分けすれば、片付けも早く終わるというので、残りの荷物は人を雇って運ばせることにして、長持《ながもち》ひとつを持って越して来たのだ。

掃除を手伝うつもりでいたが、逆に邪魔だと追い出された信平は、新しい住まいを改めて見上げた。

前は三百石の旗本が暮らしていただけあって、両開きの長屋門は立派な物だ。

屋敷も、まだすべて見てはいないが、深川の屋敷の倍は大きい。

こうなると、善衛門とお初だけで切り回すのは難儀というもの。

人を新たに召し抱えねばならぬかと考えつつ、門に背を向けて、道を歩みだした。

宝刀狐丸《きつねまる》を腰に下げ、檜皮色《ひわだ》の狩衣《かりぎぬ》に、白の指貫《さしぬき》を着た信平がゆく後ろ姿を、屋敷の塀の角に隠れて睨《にら》みつけていた者たちがいる。身なり正しい武家の若者が五人、信平の後に続きながら、しゃべりはじめた。

「邪魔をしたのは、奴《やつ》か」

「おう」

「あれは、狩衣か」

「いや、素襖《すおう》と見た。三河万歳《みかわまんざい》の片割れであろう。短袴を穿いた才蔵《さいぞう》のじじいが共にいたが、まだ出てこぬ」

「万歳太夫《だゆう》の分際でこしゃくな。斬るか」

「待て、しばらく様子を見てからだ」

相談を終えた五人の若侍が辻《つじ》から通りへ出ると、ゆらりとした足取りで歩む信平を険しい顔で見、気付かれぬように付いていく。

この五人の若侍は皆、れっきとした直参旗本の倅《せがれ》。だが、親が甘やかしすぎたのか、あるいは周囲の者が悪いのか、素行がよろしくなく、四谷では名の知れた悪党《わる》。

町に出て酒代は踏み倒す、道で目を付けた商人にわざとぶつかっておいて、無礼打ちだと称して刀を抜き、斬ると脅《おど》して金を巻き上げる。中には、ほんとうに斬られて命を落とした者もいる。

　この者たちが信平に目を付けたのは、悪党仲間の一人、荒川長純《あらかわながずみ》という若侍が、水《みず》茶屋《ぢゃや》で遊びそこねたことにはじまる。

　荒川は、水茶屋で働く小女を気に入り、足繁《あししげ》く通って口説いていたのだが、引っ越しのため通りがかった信平と善衛門に目を止めた小女が、雅《みやび》な信平にのぼせ上がってしまい、あか抜けぬ荒川のことを、とんと相手にしなくなったのである。

　後少しのところで遊びそこねた荒川が、勝手に信平のことを逆恨みし、善衛門と共に屋敷に入るのを見届けておき、生意気な奴がいると仲間に伝えて、引き連れて来たのだ。

　そのようなことなど露ほども知らぬ信平は、武家屋敷が並ぶ通りを南に向かい、四谷塩町《しおちょう》の水茶屋に立ち寄った。荒川がちょっかいを出していた小女が働く店だ。

　信平が長床几《しょうぎ》に腰かけると、小女がいそいそと信平のところに来て、荒川には見せたことのない笑みを浮かべて、注文を訊《き》く。

「飴《あめ》湯をいただこう」

「あいあい」

　奥へ引っ込む小女が、背中にまで嬉《うれ》しさを表している。

それを物陰から見ていた荒川が、顔をしかめて舌打ちした。

「おもしろくない」

「おい、お前が気に入っている娘とは、お文《ふみ》のことか」

そう言って肩をたたいた男に、荒川は振り向いた。

「内藤《ないとう》、お前、お文を知っているのか」

内藤は哀れむ顔をした。

「知っているとも。遊びたいなら、あれはやめておけ。一両にぎらせても遊べやしない、通うだけ無駄だ」

「知っているとも。お文は水茶屋の小女だが、決して身体《からだ》は売らぬ。そこが気に入ったのだ」

「なるほど」

「内藤、何がおかしい」

「いや……」

「申せ」

詰め寄られた内藤は、探る顔をした。

「さては貴様、お文に惚《ほ》れたな。それであの男に腹を立てておるのだな」

内藤は目を泳がせた。

「惚れてなど、おらぬ」

「そうか、惚れてはおらぬのか」

「おらぬ、遊ぼうとしただけだ」

「一時の快楽を求めるなら、さっさと手籠《てご》めにしてしまえばよいではないか」

「…………」

荒川は躊躇《ちゆうちよ》する顔つきをした。

「どうした」

「おれは、そういうのは好かん」

「やはり、惚れているな」

「…………」

「仕方ない。おれが手を貸そう」

「何をするつもりだ」

「ま、見ておれ」

内藤は、行くぞと言い、荒川と他の三人を連れて水茶屋に向かった。

生姜《しょうが》のいい香りがする飴湯を楽しんでいた信平は、周りを取り囲んだ者たちに顔を上げた。

光沢のある生地の羽織《はおり》をぞろりと着こなす侍を見ても動じることなく、涼しげな面持ちで湯飲みに目を下げ、ゆっくりと口に運んだ。

「おい、貴様」

正面に立つ男が低い声音《こわね》で呼ぶのに、信平がふたたび目を上げた。

何も言わず、ただ見ていると、落ち着いた表情の男が、意地の悪さをにじませた眼《まな》差《ざ》しで言う。

「万歳太夫の分際で我らに頭を下げぬとは、けしからん奴だ」

信平は相手にせぬ体《てい》で、湯飲みを見た。

「はて、万歳太夫とは、なんのことかな」

「惚《とぼ》けるとは怪しい奴だ」

「怪しい者ではない」

「名を名乗れ」

「名を知りたいなら、先《ま》ずはそちらが名乗るのが筋」

「黙れ！　名乗らぬとはますます怪しい奴。さては貴様、万歳のふりをして屋敷の銭を狙う盗《ぬす》っ人《と》一味であろう」

妙な言いがかりを付ける侍に、信平は湯飲みを置いて立ち上がった。

五人は、信平を睨みつけている。

「言いがかりに付き合う暇はないゆえ、帰るとしよう」

茶代を置いて狐丸を持ち、帰ろうとしたが、五人は一歩も引こうとしない。

信平は、言いがかりを付けてきた者と向き合い、微笑《ほほえ》んだ。

「分からぬことを言わず、通してくれ」

「分からぬなら、我が先手組《さきてぐみ》の屋敷で思い出させてやる」

「先手組……」

信平がぼそりと言うと、何を勘違いしたか、侍は勝ち誇った顔をした。

「今さら恐れても遅いぞ」

「名は、なんと言われる」

信平が訊くと、侍は胸を張る。

「内藤だ」

「内藤……、殿」

「おうよ。泣く子も黙る先手組だ」

言った内藤が、じろりと茶屋の店主を睨んだ。

「この茶屋は盗っ人宿であろう」

奥で成り行きを見ていた中年のあるじが仰天《ぎょうてん》し、出てきた。

「内藤様、ご冗談を。手前は長らくここで……」

「ええいうるさい！　貴様らも組屋敷へ連れて行き、厳しく調べる。おい」

言うや、仲間の四人が奥へ入り、店主とお文を連れ出した。

「内藤様、手前は長年ここで商売をさせていただいております。盗っ人宿などではありません。どうか、こんなことはおやめください」

「だめだ！」

聞かぬ内藤を見たお文が、手をつかんでいた荒川に怒気を浮かべた顔を向ける。

「あんた、あたしが相手にしないから、仕返しに来たのかい」

これまでとは態度を一変させ、気の強いところを見せるお文であったが、荒川は動じない。それどころか、先ほどまでの迷いは消えたらしく、悪い顔をした。

「組屋敷でたっぷり可愛《かわい》がってやるからな、覚悟しておれ」

お文の細い顎《あご》をつかみ、舌なめずりをせんばかりの笑みを浮かべている。

顔を振って手から逃れたお文は、己の悪い状況に、店主に助けを求めた。

「内藤様、わしらは何もしちゃおりません。信じてください」

店主が拝むように言うが、内藤は聞く耳を持たぬ。

「言いたいことがあれば組屋敷で申せ。そいつも連れて行け」

応じた仲間が、信平の腕をつかもうと手を伸ばしてきた。しかし信平はそうはさせず、逆にその手首をつかむ。

「うお」

手首をひねられた仲間は、腰から地面にたたきつけられ、あお向けで尻を浮かせて苦しんだ。

それを見もせぬ信平は床几に腰かけ、涼しげな顔で飴湯を飲んだ。

堂々とし、不敵でもある信平に、内藤は顔を引きつらせて刀に手をかけた。

「おのれ、逆らうか」

抜刀すると、仲間も続いて刀を抜く。

鋭い切っ先に囲まれた信平は、ゆっくり湯飲みを置こうとした。そこを隙《すき》と見た侍が、正眼《せいがん》の構えから振り上げた刀を斬り下ろした。

「せや！」

びゅっ、と空を切る音がした。

悲鳴をあげたお文が顔を両手で覆い、店主は見まいと顔をそらした。

座っている信平が斬られたと、誰もが思ったのだ。だが、両断されたのは長床几である。

檜皮色の狩衣がひらりと舞う。

真っ二つに割れた床几が音を立てて崩れるところへ、

「ぐえ」

首を手刀で打たれ、奇妙な声をあげた仲間の侍が昏倒《こんとう》した。

信平は、頭から突っ伏したまま尻を高く上げ、無様な格好をさらしている侍を背に、内藤と対峙《たいじ》している。

その厳しくも美しい顔に、内藤は恐れた顔をして下がった。

「斬れ、かまわぬ、斬れ！」

内藤に応じて、二人の仲間が同時に斬りかかった。

だが、いずれも信平の皮一枚も斬ること叶《かな》わず、二人は腹に当て身をくらい、激痛に呻《うめ》いて突っ伏した。

内藤は驚き、荒川と共に刀を信平に向けたまま下がった。

「おい、お前のせいでこのざまだ、なんとかしろ」

言われた荒川は、恨みに満ちた顔を信平に向ける。刀を振り上げて斬りかかろうとしたが、信平の剣気に動けず、正眼の構えに転じた。

狐丸に手もかけていない信平は、二人に言う。

「妙な言いがかりを付けて人を苦しめておれば、いずれその身を滅ぼそうぞ」

「何を偉そうに」

内藤が切っ先を下げた。気合をかけて迫り、斬り上げる。

ひらりと飛んで下がる信平。

空振りした内藤は、血走った目を見開いて追う。

「えい！」

渾身《こんしん》の袈裟《けさ》斬り。

信平は狐丸を抜いて弾き上げた。

目を見張った内藤は、怒りをぶつけて斬りかかろうとしたが、狐丸の切っ先を喉元に突きつけられ、たまらず下がる。

「つああ！」

気合をかけたのは荒川だ。

信平の右側から迫り、鋭く突いてきた。切っ先は、狩衣を貫く寸前にかわされた。

荒川は、飛びすさる信平めがけて刀を横一閃《いっせん》したが、空を切る。その刹那《せつな》、地を蹴った信平が眼前に迫った。

逃げる間も、刀を向ける間もない荒川の鼻に、信平の肘《ひじ》が迫る。

飛ばされた荒川は仰向けに倒れ、鼻を押さえて苦しんだ。

残った内藤は、頬《ほお》を引きつらせながら刀を脇構えに転じ、自棄《やけ》気味の声をあげて信平に迫った。

袈裟斬りに打ち下ろした一刀は空振りし、目の前から信平が消えたことにはっとした内藤が見上げた顔面に、信平の膝が落ちてきた。

飛ばされ、荒川と重なって苦しむ内藤に、信平は顔色ひとつ変えぬ。

「身分高くとも、人を慈《いつく》しむこころを持たぬ者は、畜生《ちくしょう》にも劣ると知れ」

苦しむ内藤に言い置くと、地面に転がってしまった飴湯の代金を拾い、あっけに取られているお文に差し出した。

「馳走《ちそう》になった」

微笑んで手に置いた信平は、呆然《ぼうぜん》とした顔のお文から離れ、その場を去った。

「あの、またおいでください。きっとですよ」

お文の声を聞きながら、信平は辻を曲がった。

行き違いで茶屋の前を通りがかった侍が、気付いて歩みを止めた。

「や、いかがした」

茶屋の前で五人もの侍が倒れているのを見て駆け寄ったのは、筒井順啓《つついじゆんけい》だ。

先手組与力《よりき》として深川の浪人狩りを指揮し、信平が浪人の別所左衛門《べつしよさえもん》を匿《かくま》ったおりに、深川の屋敷を訪れた侍だ。

筒井は、倒れている侍を起こしてやろうとして驚いた。

「内藤ではないか、おい、どうしたのだ」

茶屋の前でうずくまる内藤が、睨むように顔を向け、目を見張った。

筒井の許婚《いいなずけ》である輝代《てるよ》が、共にいたからだ。

「なんでもない」

強がったが、血で塞《ふさ》がった鼻のせいで間抜けな声となる。

「見せてみろ」

「ええい、触るな」

手を振り払った内藤の鼻は折れて右に曲がり、腫《は》れていた。

血だらけの惨《むご》たらしい顔を見た輝代は、驚きのあまり、手で口を押さえた。

その行為が、内藤の目には笑いを堪《こら》えたように見えた。

恥ずかしさと悔しさ、馬鹿にされた腹立たしさが入りまじったこころを面《おもて》に出した内藤は、輝代を睨み、すぐに顔をそらした。

「何があったのだ」

筒井の問いに答えぬ内藤は、立ち上がった。

「おい、戻るぞ」

二人の前から逃げるように、仲間を急がせてその場から離れた。

よろよろと逃げ去る五人の背を見送った筒井は、店の者に顔を向けた。

「いったい何があったのだ」

「今の人たちが悪いんです。あたしは、胸がすっとしました」

興奮気味のお文からことの顛末《てんまつ》を聞いた筒井は、

「なるほど、しかし妙だな」

腕組みをして首をかしげる。

「四谷を縄張りとする三河万歳の太夫はおおかた知っているが、その者たちは武芸ができぬし、若い娘に美しいと言わせるほどの男はおらぬ」

「いろんな客を見ているあたしの目に狂いはありません。江戸で一番、いえ、日《ひ》ノ本《もと》一美しい殿方でした」

「ほおう、そのような太夫がいたのなら、新参者であろうな。誰かは知らぬが、まあその者に助けられたのならば、運が良かったではないか。内藤は一癖も二癖もある危ない男だ。これですまぬかもしれぬから、以後、くれぐれも気をつけろ。何か困ったことがあれば、遠慮せずに組屋敷に来るがよいぞ」

「はい、必ず」

「うん」

筒井は店主とお文に優しくうなずき、輝代を促《うなが》して歩みを進めた。


「智成《ともなり》、なんじゃそのざまは」

ほうほうの体で戻った息子の前に仁王立ちするや、父親が怒鳴った。

内藤智成は、腫れ上がった顔を見せぬようにしたが、腕をつかまれ、顔から手を放された。

父親は、痛々しげな顔をしたものの、すぐさま、怒気を浮かべた。

「貴様、内藤の家紋に泥を塗るような真似《まね》はしておるまいな」

「違います父上、わたくしは、町を徘徊《はいかい》する怪しい者を捕らえようとしたのです」

「その怪しい者にやられたのか」

「そ、それは……」

「そうであろう！　なんと無様な、それでもわしの子か」

「も、申しわけありませぬ」

「顔を洗ってこい」

「はい」

「待て、怪しい奴とは、どのような者じゃ」

「そ、それは……」

「答えよ！」

怒鳴り声に、内藤は身を縮めた。

「万歳の、太夫です」

言いがかりをつけて痛めつけてやろうとしたことなど言えるはずもなく、盗っ人のようであったと嘘《うそ》をついた。

父親は、より腹を立てた。

「それで、そのざまか」

「……」

「盗っ人に痛めつけられたのかと訊いておる」

頭を垂れる息子に、舌打ちを鳴らした。

「この、愚か者めが。そのようなことで、組頭が務まると思うておるのか」

「はは」

「先手組は、戦場で将軍家の先鋒《せんぽう》を務める武士《もののふ》。平時は江戸城下の治安を守るのが御役目ぞ。恥をかかされたままでは内藤家の名折れじゃ。お前をそのようなざまにした者を捕らえてまいれ。よいな！」

「はは、必ず」

「お前の手に負えぬなら、あの者にさせるがよいぞ」

「………」

倅がどうして傷を負ったかなど眼中にないらしく、父、内藤智正《ともまさ》はそう命じ、家来を連れて外出した。

この父の、頭ごなしに人を押さえつける自負心が、倅のこころを歪《ゆが》めていた。

屋敷の式台《しきだい》に一人取り残されていた内藤は、怒りを静めることができずに、じっと床板を睨みつけていた。

「ご命令どおり、馬鹿にした者を血祭りに上げてご覧に入れますよ、父上」

何を思い付いたのか、内藤は、不気味な笑みを浮かべた。

## 二

なんとか落ち着いた屋敷で、信平は善衛門とお初の三人で夕餉《ゆうげ》をとった。

慣れない台所を使ったお初は味に自信がないと言ったが、出汁《だし》がよく染み込んでいる鰤《ぶり》大根は、口に入れただけで溶けてしまうほど柔らかく、ご飯と一緒に食べると、いくらでも箸《はし》がすすむ。

「おかわりを、頼む」

信平の求めに、お初は嬉しそうによそった。

箸を膳《ぜん》に置いた善衛門が、いつもより穏やかな顔を向けてきた。

「殿、四谷はいかがでございましたかな」

お初から茶碗《ちゃわん》を受け取った信平は、箸を取りながら言う。

「静かな所と思うていたが、なかなか賑《にぎ》やかであるな」

「町へ行かれましたのか」

「うむ」

「四谷は武家屋敷が多《おお》ござるし、まだまだ住人が少ない深川にくらべますと、町もそこそこに大きゅうございますからな。楽しゅうございましたでしょう」

善衛門は言いながら箸を取り、器の里芋《さといも》に向けている。

「うむ。柄の悪そうな侍に、万歳太夫とやらに間違えられたことを除いてはな」

信平の言葉に、里芋を一口で食べていた善衛門がうっと飲み込んでしまい、苦しげに胸をたたいた。

お初がめんどうくさそうに箸と器を置き、善衛門の背中に平手を一発入れてやると、すぽんと口から飛び出した芋が、善衛門の皿に転げた。

ぜいぜいと息をする善衛門を一瞥《いちべつ》するお初は、何ごともなかったように箸を動かした。

「と、殿、今、なんと申された」

「万歳太夫のことか」

「さよう」

「間違えられた」

「前の将軍家光公の義弟であらせられる殿を、万歳太夫と間違えるとはけしからん」

「その、万歳太夫とはなんじゃ」

善衛門は驚いた顔をする。

「知りませぬのか」

「知らぬから訊いておるのじゃ」

「万歳と申しますのはな……」

善衛門は大まかに教えた。

若侍たちが勘違いした三河万歳とは、正月のはじめに、諸大名の屋敷や庶民の家々を訪れてめでたい謡《うたい》をうたう二人組のことだ。

今の時期、素襖を着た太夫と、半袴を穿いた才蔵を江戸市中で目にすることが多い。それゆえに、信平の狩衣を素襖と間違え、太夫と思われたのだ。

「ふむ、なるほど」

うなずいた信平は、侍が言っていたことを思い出した。

「近頃は、万歳の格好をした盗っ人が出るのだな」

「はて、知りませぬが」

「麿は盗っ人とも思われたのじゃ」

茶屋でのことを教えると、善衛門とお初が顔を見合わせた。

善衛門が言う。

「先手組とやりおうたのでござるか」

「磨だけならともかく、茶屋の者に言いがかりを付けて痛めつけようとしたゆえ、こらしめたのじゃ」

「お気をつけくだされ。先手組は気の荒い者が多ございますから、その者とまた道で出会えば、遺恨《いこん》をぶつけてくるかもしれませぬぞ」

「確かに、気の荒そうな者どもであったが、また出会おうか」

「ないとは言えませぬ。して、茶屋はどうなりました」

「帰りに茶屋の前を通ると店主と小女も働いておったので、退散したようじゃ」

「それはようござりました」

善衛門は、安堵《あんど》して湯飲みを持った。一口飲み、息を吐いて天井を見回しながら言う。

「掃除をしてみれば、なかなか良《い》い屋敷ですぞ。なんとか住めるようになりましたな」

「おかげさまで、早く片付けることができました」

礼を言うお初になんのこれしきと答えて、善衛門はまた天井を見回した。

「それにしても、この屋敷は広うござるな。使われている木材の質もよろしいようで、結構なことじゃ。うん」

「麿もそう思う。上様のご配慮であろう」

「ここでありましたら、奥方様をお迎えしても恥ずかしゅうないですな。後は、上様の御期待にお応えして、千石取りへ出世するだけですぞ」

「期待？」

善衛門は、将軍家綱《いえつな》が信平を町奉行に抜擢《ばってき》しようとしたことを言おうとしたが、言葉を飲み込んだ。

「つまりその、世の安寧《あんねい》を願われる上様は、強きをくじき、弱きを助ける殿に期待をされておるのです。前の事件のようなことが、これから先起きぬとも限りませぬからな」

「京より下った麿を直参に御取り立てくだされた家光公の御恩に酬《むく》いるためにも、家綱公の御期待に応えよう。江戸の民の安寧をゆるがす輩《やから》が現れたなら、決して許しはせぬ」

「さすがは殿、その意気で励まれますれば、千石など、すぐに達しましょうぞ」

善衛門が嬉しげに言い、茶をすすった。

膳を片付けるお初に頭を下げた信平は、思っていたことを言った。

「人を、雇おうと思うが」

二人の負担を減らそうとしたのだが、

「何を申されます。そのような余裕はありませぬぞ」

即座に、善衛門から反対された。

「しかし、門番もいるであろうし、庭の手入れとて、おおごとであるぞ」

「ご心配なく。甥《おい》の正房《まさふさ》に命じてありますゆえ、近々人をよこしましょう」

「善衛門だけでも十分世話になっている。これ以上正房殿に迷惑はかけられぬ」

「なんの。我が家は二千石を賜っておるのですから、二人や三人こちらに回しても、負担にはなりませぬぞ」

遠慮はいらぬと笑う善衛門は、本来は信平を監視する役目を帯びている。にもかかわらず、今や信平のことを殿と呼び、まるで、信平の用人気取りである。

お初とて同じで、信平が雇う者ではなく、老中阿部豊後守《あべぶんごのかみ》が使うくノ一。

公家の出である信平の監視を命じられているのだが、正直者で裏表のない信平の魅力に惹《ひ》かれ、男としてではなく、弟として可愛く思うようになり、今では、信平の新妻、松姫《まつひめ》を迎える条件である千石取りに出世させるため、善衛門と共に陰から支えているのだ。

信平の妻、松姫は、紀州徳川家の姫である。

松姫の父、大納言《だいなごん》頼宣侯は、将軍家綱の命《めい》で仕方なく愛娘《まなむすめ》を信平に嫁がせたものの、仮病を使って松姫を上屋敷《かみやしき》に囲い、本人不在のまま祝言《しゅうげん》を挙げさせるという暴挙に出た。そして、江戸城で信平を捕まえて、千石取りに出世するまで上屋敷に預かると言ったのである。

尾張藩家老の陰謀を信平が阻止したことで、頼宣の信平に対する態度は和《やわ》らぐと思われた。だが、後日深川の屋敷に届けられた頼宣直筆の文には、危機を救われたことへの礼と、百石取りになったことへの祝いの言葉がしたためられていたのみで、姫を四谷の屋敷に行かせるとは書かれていないどころか、姫のことは一言もなかった。

あくまで千石にこだわる頼宣の態度に善衛門は怒ったが、当の信平はというとそうではなく、のんびりと構えている。

はたから見れば、そのように見えるのだ。

だがその心中は、早く松姫を迎えたい気持ちで一杯であった。

顔を見ただけで、まだろくに言葉を交わしておらぬが、妻を想《おも》う気持ちは、日増しに強くなっているのだ。

夕餉を終えた信平は、慣れぬ屋敷の廊下を一人で歩み、庭の月見台に来ると、東の空を見上げた。

今宵《こよい》は一段と、星がよく見える。

手を伸ばせば届きそうな星を、姫は見ているであろうか。

姫が住む上屋敷は、堀を二つ越えた先の、江戸城吹上《ふきあげ》にある。

四谷の丘陵から見れば、昼間には上屋敷の甍《いらか》が見えているのであろうが、紀州藩の上屋敷がどれなのか知らぬし、近寄ることを許されぬ信平は、城の方角を見て、姫を想うことしかできなかった。

東の空に、一際明るく、美しい星が輝いている。

信平はその星を見ながら、松姫のことを想った。

いっぽう、吹上の屋敷にいる松姫は、偶然にも、信平と同じ時に、同じ星を見上げていた。

互いが瞳を見詰め合うように、夜空に輝く光を見つめていたのだ。

「姫様、そろそろお入りになりませぬと、お身体が冷えます」

「糸《いと》」

「はい」

「信平様は、今頃何をしておいでであろう」

「さあ……」

「あの美しき星を、見ていらっしゃるでしょうか」

「ほんに、綺麗《きれい》なお星様で」

うっとりとした糸が、ふと我に返り、

「ささ、お風邪をめされてはいけませぬ」

背中を押すようにして、部屋の中へ誘《いざな》った。

松姫が上座に座ると、朱色に金箔《きんぱく》の葵《あおい》の御紋が入った手あぶりがそばに置かれた。

赤みがかった小さな手を温めながら、

「信平様は、四谷のいずこに越されたのであろう」

訊いてみたが、糸は首をかしげて、

「さあ……」

惚けたような返事をする。

松姫は、幕府による浪人狩りが終わると市中に出かけて、糸と共に深川を歩き回り、信平の屋敷をやっと探し当てていた。

父のお叱《しか》りを覚悟して、想い人の屋敷を訪れたのだが、一足違いで会えなかったのだ。

互いに気付いていなかったのだが、信平が川舟に乗って深川八幡宮《はちまんぐう》前の河岸を離れるのとすれちがいに、松姫を乗せた屋形船が船着き場に入ってきたのだった。

屋敷を引っ越したことを知った松姫は、隣の屋敷の者に訊《たず》ねてみたが、四谷というだけで、詳しい在所は知らぬと言われていた。

四谷は、吹上とは目と鼻の先。しかし、武家屋敷の数は深川とくらべ物にならぬほど多い。そのため、女二人だけで探し出すのは難しい。

松姫は、近くにいながら会えぬ寂《さび》しさをまぎらわすために、同じ江戸の空に浮かぶ星を眺めていたのだ。

部屋に入っても、一点を見つめて物思いにふける松姫を、糸は心配そうに見ている。

「姫様、どうか、お気を落とされませぬよう。お二人は目に見えぬ糸で繋《つな》がれているのですから、きっと、またお会いできます」

「会えるであろうか」

「そのように弱気になられてはなりませぬ。四谷なれば、お忍びで出かけるにしても近《ちこ》うございますし、懇意《こんい》にしている店もございますゆえ、この糸におまかせくださりませ」

せっかく元気を取り戻していた姫が、昨年の秋のように恋わずらいをしてはならぬと、必死に励ます糸であった。

三

「では、行ってまいるぞ」

「父上、早《はや》のお帰りを」

駒山勘三郎《こまやまかんざぶろう》は、娘の輝代に見送られて冠木門《かぶきもん》を出た。

勘三郎は、先手組鉄砲頭、布施《ふせ》影元《かげもと》に仕《つか》え、若き与力、筒井順啓を助けて働いていたが、筒井と娘の縁談が春と決まったのを機に、高齢を理由に隠居した。

輝代が嫁げば駒山家の跡を継ぐ者がおらぬようになるが、養子をもらってまで貧乏同心の家を守る気もなく、勘三郎の代で終わらせるつもりだ。

輝代は、自分が男子をたくさん産んで家を継がせると言っているが、

「わしの孫に苦労はかけられぬ」

勘三郎はにこやかに返し、娘の気遣いを喜んだ。

禄《ろく》を返上した身であるが、八年前に妻を亡くし、娘が嫁ぐとなれば、一人が食うに困らぬほどの蓄えはある。

刀を釣《つ》り竿《ざお》に持ち替えて御堀に通う日々であるが、勘三郎は、今の穏やかな暮らしに満足していた。

丘の上に市谷《いちがや》八幡を抱える門前町に来ると、市谷御門を対岸に見つつ、土手の枯れ草に分け入り、いつもの石に腰かけた。

齢《よわい》五十六とは思えぬ身体つきをした勘三郎は、背筋を真《ま》っ直《す》ぐ伸ばし、びっしりと水面を塞ぐ枯蓮《かれはす》の僅《わず》かな隙間を狙って、竿を振った。

寸分の狂いなく、針が蓮のあいだに沈んでいく。

今の時期は蛙《かえる》も鳴かぬので、聞こえるのは風の音と、遠くで羽を休める白鳥が時おり羽をはばたかせる音だけ。

静かであった。

ふと、手応えを得て、絶妙な間合いで竿を引く。

竿の先がしなり、小刻みな振動が手に伝わってくる。

この駆け引きと手応えが、勘三郎のこころに熱い血を注いでくれるのだ。

一人静かに戦い、釣り上げた鮒《ふな》を三匹ほど魚籠《びく》に入れた時、背後で枯れ草を踏みしめる音がした。

「久しぶりだな、勘三郎殿」

聞き覚えのある、いや、聞きたくもない声に背を向けたまま、勘三郎は苦痛に耐えるように瞼《まぶた》を閉じた。

竿を上げて、黙ってその場から立ち去るべく腰を上げた勘三郎の背後に、二人の侍が立ちはだかった。

「なんの真似じゃ」

見もせず言い、振り向く勘三郎の鋭い眼差しを不敵な笑みで受けたのは、内藤智成であった。

人を小馬鹿にしたような目つきに、勘三郎は殺気とも取れる気を放ち、面と向かった。

「輝代の祝言が決まったそうだな」

「それが、どうした」

「相手の筒井とは、源斉《げんさい》先生の道場で一刀流を修業した仲だ。奴は良い人間であるだけに、黙っておくのは、ちと心苦しいのだ」

勘三郎は、内藤を睨んだ。

「怖い顔をするな。お前次第で、黙っておいてやる」

「何が望みだ」

「人を一人、斬ってもらいたい」

「断る」

きっぱりと言い、帰ろうとする勘三郎の背中に、内藤が言葉を投げかけた。

「貴様の過去を、筒井にばらしてもよいのか」

立ち止まった勘三郎は、右手を脇差しの柄にかけた。

「おっと、得意の小太刀《こだち》を使う相手を間違えると、娘が傷物になるぞ」

「なに！」

振り向く勘三郎に、内藤は懐《ふところ》から、櫛《くし》を出して見せた。

「そ、それは……」

紅色の櫛は、妻の形見。娘の輝代が大事に使っている品だ。

勘三郎は、恨みを込めた目を向ける。

「おのれ……」

「おっと、抜くな抜くな。おれが帰らなければ、仲間が娘をどうするか分からぬぞ」

唇を嚙《か》む勘三郎は、脇差しから手を放した。

内藤はほくそ笑む。

「それでよい。無事に返してほしくば、大人しく従え。さすれば、貴様の過去も、黙っていてやろう」

「誰を、斬れというのだ」

「万歳太夫だ。我らが成敗《せいばい》してもよいのだが、刀の錆《さび》にする価値がないゆえ、お前にやらせようと思うたまで」

「ふん、悪さをして、その者に邪魔をされたといったところか。逆恨みだな」

「違う！」

「誤魔化《ごまか》すな。価値がないほどの者を、娘をかどわかしてまでわしに斬れと申すまい。顔の傷は、その者にやられたか」

落ち着きはらった物言いをする勘三郎の目力に押され、内藤は目をそらした。

ぼんくらの若造など、勘三郎の地天流《ちてんりゅう》小太刀にかかれば一撃のもとに倒されるであろうが、たった一度の過《あやま》ちを内藤の父智正に知られてしまい、以来、幾度か汚れ仕事をさせられた。

親子で己《おのれ》を使うつもりならばこの場で斬ることも考えたが、娘を取られたのでは、どうにもならぬ。

勘三郎は、内藤を睨んだ。

「言うとおりにしよう」

内藤はうなずく。

「それが賢い選択だ」

「ただし、娘に指一本でも触れてみよ、真っ先に貴様を斬る」

「心配するな。果たせば返してやる」

「相手はどこにおる」

「居場所は突き止めている。付いてまいれ」

鮒を堀に戻してやった勘三郎は、釣り竿を捨て、内藤に続いた。

四

「殿、飴湯が旨《うま》い店は、どこですかの」

「はて、どこだったか」

信平は、引っ越しの疲れを労《ねぎら》うために、善衛門とお初を飴湯の店に連れて行こうとしていた。

火《ひ》の見櫓《みやぐら》を見上げて、米屋の土蔵に目を下げる。そしてあたりを見回した。

「殿、この場所にあったのですか」

「いや……」

来た道を戻り、八百屋《やおや》の前を通って堀のほうへ歩んだ。

堀の手前まで来ると、見覚えのある長床几が目に入った。

「ここじゃ」

「やれやれ、やっと着きましたか」

善衛門は、引っ越しで痛めている腰をたたきながら長床几に座ろうとして、ふと思い出したようにあたりを見た。

「殿、ここは屋敷から近いではござらぬか」

「うむ？」

「ほれ、そこの辻を右へ曲がって神田《かんだ》のほうへくだった所が、新しき屋敷ですぞ」

「そうか」

信平もあたりを見回して、ようやく思い出した。

「言われてみれば、確かに」

「はは、道を一筋間違えられましたな」

「裏から出かけましたので、反対の方角へ行かれたのでしょう。でもそのおかげで、町の見物ができました」

お初が楽しげに言い、善衛門の隣へ座った。

「ささ、殿」

善衛門に促されて二人の前に座ると、

「あら、先日はどうも」

接客をしていたお文が信平に気付き、駆け寄ってきた。

信平が笑みでうなずく。

「変わりはないようだな」

「おかげさまで、いやなお侍もあれからぴたりと来なくなりましたよ」

そう言ったお文が、善衛門とお初に笑みを向けて続ける。

「助兵衛《すけべえ》侍に付きまとわれて困っていたので、お客さんがこらしめてくださった時は胸がすっとしました」

「聞いておるぞ。来なくなってよかったな」

「あい」

飴湯を三つ注文すると、店主が塩まんじゅうを付けてくれた。

こちらも自慢の味らしく、甘いあんこと塩味が付いた皮が絶妙な味を出していて、お初を喜ばせた。

「うぅん、おいしい」

目尻を下げて、優しい表情をしている。

善衛門も気に入ったらしく、

「それがしは、甘い物を食べた後は決まって塩辛い物が食べとうなるのですが、これは良いですな。うん、いくらでも食べられますぞ」

幸せそうな顔でそう言い、二つ目を取った。

「まんじゅうのおかわりをしましょうね」

お文が新しい皿を持ってきて、善衛門に渡した。

「これは、かたじけ……」

礼を言おうとした善衛門に背を向けたお文が、信平の横に寄り添うように座る。

あまりの馴《な》れ馴れしさに、善衛門があっ、と声をあげた。

「太夫さん、今日は儲《もう》かりましたか」

などと信平に訊くものだから、善衛門は開いた口が塞がらぬ。

お文は信平のことを、万歳太夫と思い込んでいるのだ。

お初はお文をじろりと睨んだが、すぐに目つきを和らげ、口も挟まなかった。

「まぁ、ぼちぼちと、な」

信平がそう答えて、身分を明かさなかったからだ。

殿と言いかけてやめた善衛門が、まんじゅうを食べておらぬのに口をむにむにとやっている。

怒った時の癖を見た信平は、これでよいのだと、善衛門を目顔《めがお》で制した。

鼻息を荒くして我慢した善衛門であるが、

「ねえ太夫さん、今夜一人であたしの家に来て、おめでたい謡をうたってくださいな。楽しいことも、しましょうよ」

色目を向けるお文に痺《しび》れを切らせ、

「馬鹿者！」

立ち上がって怒鳴った。

お文は、不服そうな顔を善衛門に向ける。

「あら、怒鳴らなくてもいいでしょ。それともなぁに、お隣の人は、太夫さんのいいひとなのかしら」

横目を向けられたお初が尚《なお》も黙っているので、

「いや。妻はこの者ではない」

信平が言うと、お文が目を丸くした。

「なんだいあんた、一人身じゃないのかい」

いい男だと思ったのに、と、がっかりして言ったお文は、さっさと奥に引っ込んだ。

「なんじゃ、あの態度は」

善衛門は憤慨したが、お初はお文の気性が気に入ったのか、腰を振ってしなりと歩む後ろ姿を見送りながら、くすりと笑った。

一休みした信平たちは、もう少し町を見て回ろうということになり、甲州《こうしゅう》街道に出ると、西に歩んで大木戸あたりまで足を延ばした。

旅人、町人、侍が行き交う街道は賑やかで、街道沿いの商店も活気に満ちている。

「殿、見られておりますぞ」

狩衣の腰に下げる宝刀狐丸の鶯色《うぐいすいろ》の鞘《さや》ごしらえも映え、京の都の風雅《ふうが》な姿を見せる信平に、すれ違う人々が目を向けている。

立ち止まってうっとりとした目を向ける女人たちもいれば、それを見て、不快な顔をする侍もいる。

街角でとぐろを巻く無頼の輩が、静々と優雅に歩む信平に白い目を向けるが、お初が氷のような冷たい目を向け、善衛門が渋い顔で威嚇《いかく》するものだから、言いがかりを付けてどうこうしようという者はいなかった。

混雑した町中に慣れておらぬ善衛門は、気を配りすぎて疲れたのか、

「殿、そろそろ戻りませぬか」

静かな武家地が恋しくなったようだ。

「ふむ、もそっと先へ行って見ようぞ」

信平は、ふと立ち止まった。

「殿、いかがされた」

善衛門が顔をのぞき込み、信平が黙って目を向ける前方を見た。

横に並んだお初が、

「後を追います」

ささやくと、人混みの中に駆けて行った。

「おい、どこへ行くのだ、お初」

善衛門が声をかけたが、お初の姿はすぐに見えなくなった。

「善衛門」

「はは」

「屋敷に戻ろう」

帰る信平と、お初が行ってしまった道を交互に見た善衛門は、信平を追って歩んだ。

## 五

「駒山、貴様どこへ行く。娘がどうなってもよいのか」

「案ずるな、奴は斬る。だが今日は無理だ」

「待て」

立ち止まる勘三郎の前に出た内藤が、刀の柄に手をかけて威嚇した。

勘三郎は顔色ひとつ変えずに、じっと内藤の目を見据えている。

「何ゆえ今日斬らぬのだ」

「おぬしら、あの者が万歳太夫だと本気で思うておるのか」

「違うと申すか」

「違うな。あれはただ者ではない」

「怖気付《おじけづ》きよったか」

「いや、その逆だ。刃を交わしてみとうなった」

「では何ゆえ行かぬ」

「おぬしが万歳太夫と申すから、このままでもよいかと思うたが……」

勘三郎は小太刀の柄をたたき、

「このなまくら刀では、あの者は斬れぬ。よって日を改めるのだ」

「そのようなことを言うて、逃げるつもり……」

内藤は、喉元に向けられた小太刀の刃に息を呑《の》んだ。

「娘のために、逃げはせぬ。支度をするために帰るのだ」

「わ、分かった」

小太刀を引いた勘三郎は鞘に納め、屋敷に帰った。

表で待つ内藤らを一瞥した勘三郎が家の中に入り、いつも娘がいる台所に足を向けた。

そこに温《ぬく》もりはなく、やはり、輝代の姿はなかった。

板の間に砂の足跡が残っている。

輝代は奥へ逃げようとしたのだろう。奴らは土足のまま座敷《ざしき》に上がったらしく、廊下に足跡が続き、居間には、湯飲みが倒れたままになっていた。

たった一度だけ犯した過ちのせいで、娘をこのような目に遭わせてしまった。

勘三郎は、内藤親子を恨む前に己を呪い、いっそのこと自害しようと小太刀に手をかけたが、娘の無事な顔を見るまではと思いなおし、崩れるように膝を突き、袴をにぎりしめた。

後悔を振り払うように頭を振り、立ち上がって納戸部屋に入ると、刀簞笥《たんす》の引き出しを開けた。

無銘の小太刀を鞘ごと抜いて置き、紺の刀袋を取り出した。

袋から出したのは、名物吉光《よしみつ》の小太刀一尺八寸。

鎌倉時代の名刀工、粟田口《あわたぐち》吉光作の小太刀は、切れ味鋭く、古来より珍重されたため織田信長《おだのぶなが》、豊臣秀吉《とよとみひでよし》、徳川家康《いえやす》など、時の権力者が好んだとされる。

大名がこぞって集めた名品のうちの一振りが、なぜ、同心の勘三郎の手中にあるのか。

贋作《がんさく》ではなく、紛れもない本物。ただし、盗まれた物だ。

駒山勘三郎は十年前、病にかかった妻の薬代ほしさに、盗っ人一味に手を貸したことがある。

当時江戸を震撼《しんかん》させていた大盗賊、猫目の濤八《とうはち》に手を貸し、四谷の塩問屋に押し込んだ猫目一味が捕まらぬように、見廻《まわ》りの刻限を教え、安全な神社に案内していた。

この時、猫目一味が奪った小太刀が、吉光だった。塩問屋が幕府老中に贈ろうとしていた品であったが、大金を手に入れた猫目の濤八が、価値を知らぬまま礼金と共にくれた物だ。

たった一度だけのつもりであったのだが、運悪く、当時無役の旗本であった内藤智正が、遊興先から帰宅の途中に眠り込んでいた神社の祠《ほこら》の中で、すべてのやりとりを聞いていた。

このことが、勘三郎の行く末を狂わせた。

祠の戸の隙間から一部始終を見ていた智正は、農夫に成りすまして盗っ人宿に戻る猫目一味の跡をつけて場所をつきとめた。そして、家来を引き連れて戻ると、朝方に踏み込んだ。

賊を捕らえるのではなく、一人残らず斬り殺した智正は、盗まれた三千両の金を我が物にした後で、盗っ人宿に火をかけて証拠を消した。

さらに、勘三郎が小太刀の名人であることを知っていた智正は、盗賊に手を貸したことをばらすと脅し、己の出世に邪魔な人間を殺させたのだ。

今、内藤智正が先手組組頭の地位にあるのは、出世争いをする者を勘三郎に斬らせ、盗んだ金をばらまいて成り上がったからだった。

多くの血を吸った吉光の刃を見つめながら、過去のことを思い出していた勘三郎は、静かに鞘に納めた。

内藤親子に使われる苦しみは、これで終わりにする。

そうこころに決め、静かに瞼を閉じると、吉光を袴の帯に差した。ふたたび瞼を開けた顔からは迷いが消え、剣を極めし者が見せる、無心の顔つきとなっていた。

「待たせた」

「うっ」

内藤の倅智成は、門から出てきた勘三郎の豹変《ひょうへん》ぶりに、息を呑んだ。人を寄せ付けぬ鋭さを秘めた顔つきに、怖《おそ》れたのだ。

「どうした」

「い、いや、ついてまいれ」

すぐに強気な態度となり、勘三郎を従えて屋敷に帰ろうとした時、辻から曲がって来る者がいた。

腕組みをした筒井が、考えごとをしながら歩んでいたのだが、屋敷の前に勘三郎がいるのを見て、立ち止まった。

腕組みを解き、内藤や荒川たちがいるのに、いぶかしげな顔をした。

「邪魔が入った。明日また来る。下手な真似をすると娘の命がないぞ」

内藤は小声で言い、仲間を連れて引き上げた。

「舅《しゅうと》殿、何ごとかあったのですか」

「いや。ちと訊ねごとをされただけだ。それより、何か用か」

「輝代殿と約束をしていたのですが、留守のようでしたので間を空けて戻ったのです。帰っておられましょうか」

遠慮なく中に入ろうとする筒井を止めた。

「娘は急な用ができて、今は千住《せんじゅ》の親戚へ行っておる」

「さようでしたか。千住の叔父上のところなれば、拙者《せっしゃ》も先月ごあいさつに伺ったばかりですから、輝代殿がおられるのでしたら、これから行ってみます」

「ならん！」

厳しい声に、筒井が眉間に皺《しわ》をよせた。

「いや、すまぬ」

「どうしたのです、舅殿らしくもない」

「内々のことでまいっておるのだ。会いたい気持ちは分かるが、戻るまで辛抱してくれ」

「しかし、困りました」

「うむ？」

「今日は、お頭《かしら》の御屋敷に行く日ですから」

言われて、勘三郎ははっとなった。

祝言が決まった筒井と輝代が、組頭の布施影元にあいさつをしに訪れることを許されたのが、今日であったのだ。

「すまぬ。忘れておったのではないのだ」

「舅殿……」

「すまぬ。とにかく、輝代はおらぬ。戻れば知らせるので、今日は帰ってくれ」

「分かりました。では」

筒井は頭を下げて、家路についた。

勘三郎は見送り、深いため息をついて門から入った。

筒井は、辻を曲がったところで止まり、陰からそっと顔を出して様子をうかがった。

　そこは先手組与力だ。駒山の異変に、気付かぬはずはない。

　何かある。

　町奉行所に並び、江戸の治安を守る先手組の勘が、事件の臭いを嗅《か》ぎつけていた。


　屋敷に戻った内藤智成は、四人の仲間と自分の部屋に入り、酒を飲んでいた。

　突然障子が開けられ、父の智正が現れた。

　下級旗本の倅たちが慌てて居住まいを正し、頭を下げた。

　智正はその者どもを蔑《さげす》んだ顔で一瞥し、倅に問う。

「智成、座敷牢《ろう》のおなごはなんじゃ」

「駒山の、娘にございます」

「何！」

　目を見張る父に、内藤は言う。

「駒山には、我らをこけにした者を斬れと命じてありますゆえ、果たすまでの人質にございます」

「たわけ！　駒山の娘は布施の与力に嫁ぐのだぞ。このようなことをして、布施にばれたらどうするつもりじゃ」

「駒山を使えと仰せになったのは父上ですぞ」

「黙れ！　娘を攫《さら》えなどとは申しておらぬ」

「いいえ、仰せになりました」

「申しておらぬ！」

「父上は、わたしを馬鹿にした者を捕らえよと命じられたではございませんか」

「それがどうしたと言うのだ」

「輝代は、傷を負ったわたしの顔を見て笑ったのです。馬鹿にした者を許してはおけませぬ」

「貴様、まさか……」

智成は、父に薄ら笑いを浮かべた。

「お察しのとおりです。ことが終われば駒山を屋敷に誘い込み、親子共々始末いたしましょう。さすれば、父上の憂いも消えるのではございませぬか」

倅の申すとおり、駒山がこの世を去れば、内藤家の地位を揺るがす者はいなくなる。

「そ、それは、確かにそうじゃが。誰が駒山を斬れると申すのだ」

「ご案じめさるな。そのための人質。娘の命を楯《たて》に、腹を切らせればよいのです」

　智正は考えていたが、納得したようにうなずいた。

「良い考えじゃ。我が倅ながら、なかなかに恐ろしき奴。だが、言うたことは必ず成し遂げよ。しくじれば、我らはしまいぞ」

「はは」

　智正は、頭を下げる倅と仲間たちを見回し、抜かるなと念押しして、部屋に戻っていった。

六

　戻ったお初の知らせを受けた善衛門が、火鉢の炭をつつく手を止めた。

「先手組の筒井じゃと」

「はい」

　信平は読んでいた書物を閉じ、お初に顔を向けて訊く。

「深川の屋敷にまいった者か」

「はい」

「まずは中に入って、手を温めよ」

日暮れ時、外には雪がちらついていた。

信平が言うと、お初は障子《しょうじ》を閉めて、信平の前に座った。

善衛門が火鉢を近づけてやるが、お初は赤くなった手を膝の上でむすび、信平に言う。

「信平様の跡をつけていた者の中で、名前が分かっているのは駒山勘三郎のみ。元先手組同心ですが、今は隠居の身です。輝代という娘がいますが、与力の筒井と祝言が決まっているそうです」

「ふむ、それはめでたいのう」

善衛門がしかめ面を向ける。

「殿、何を呑気《のんき》なことを。尾行されたのですぞ」

「それは、そうじゃが」

「先手組のことです。茶屋でのことを恨みに思うて、仕返しでもたくらんでおるに違いござらん。こうなったらこちらから乗り込んで、身分を明かしてこらしめてやりましょうぞ」

「それが、様子がおかしゅうございます」

お初は、筒井が密かに駒山の家を見張っていると言った。

「どういうことじゃ」

善衛門が訊くと、お初は首を横に振る。

「理由は分かりません。ですが、筒井は配下の者を呼び寄せましたので、何かあるのは間違いないかと」

うなずいた善衛門は、信平に言う。

「筒井は殿の身分を知っておるのですから、駒山とやらがつまらぬことをせぬように、見張っておるのではござらんか」

「いや、そうではないだろう。善衛門が睨んだとおりなら、見張りなどせずとも、麿のことを打ち明ければすむことじゃ」

「確かに、そうですな」

考える善衛門にかわってお初が言う。

「あるいは、信平様の身分を承知のうえで、跡をつけたのかもしれませぬ」

お初は、幕府の中に信平のことを疎《うと》ましく思っている者がいることを知っている。

先手組だけに、誰かの命を受けての行動かもしれないと疑い、そのことを隠さず告げた。

「誰が命じると申すのじゃ」

善衛門に訊かれて、お初は口ごもった。

証拠もなしに、迂闊《うかつ》に名を出すことはできなかったのだ。

「お初……」

「今は、お許しを」

善衛門は、口をむにむにとやり、鼻息を荒くして問う。

「そなたが胸に秘めておるのは、御大老、酒井《さかい》忠勝《ただかつ》様であろう」

お初はうつむき、答えない。

尾張藩家老の陰謀を阻止した信平を、将軍家綱が町奉行に取り立てんとした時、酒井は目くじらを立てて猛反対した。

この様子を見ていた善衛門は、公家の家格の頂点に立つ五摂家《ごせつけ》に名を連ねる鷹司家の出である信平が力を増すことを、酒井はこころよく思っていないのだと感じていた。

お初も善衛門も、旗本のぼんくらどものつまらぬ嫉妬からはじまっていることとは、夢にも思わなかったのである。

黙るお初から顔を転じた善衛門が、険しい表情で信平を見て言う。

「殿、明日からしばらく、外出をお控えなされ。何者かが、殿を追い落とそうとたくらんでおるやも、しれませぬゆえな」

「百石取りになったことが、気に入らぬのであろうか」

「殿は、公家の出で……」

善衛門は急に、言葉を濁した。

信平が問う。

「公家が、いかがした」

「いや、その、そうではなく、殿が美しゅうござるから、何かとこの、目立つのでござるよ。そうじゃ、狩衣、狩衣がいかんのです。おやめに……殿、どこへ行かれる」

一人で庭に出た信平は、雪雲が垂れ込める空を見上げた。

善衛門が言わんとしたことは、承知している。公家すなわち、朝廷が力を付けることをよしとせぬ者がおると言いかけて、やめたのだ。

姉、鷹司孝子も、家光公に嫁いだものの、将軍家の子を産むことで朝廷が力を増すことを怖れた幕府の者たちにより引き離され、正室でありながら大奥へは上がらず、家光公亡き後も、ずっと吹上の屋敷で暮らしているのだ。

しかし、家光公が己を直参に取り立ててくれたのは、姉への不遇を詫《わ》びる意味もあったと、信平は思っている。

当代将軍家綱公も、姉を母と慕っていると聞く。そんな中で、大老たる酒井が、百石にすぎぬ信平に警戒心を抱き、命を取ろうとするであろうか。

信平には、此度《こたび》の件に酒井がからんでいるとは思えなかった。

だが、命を狙われているのは事実。

そう確信させるに十分なほど、跡をつけて来た者たちは殺気を放っていた。

特に駒山という男は、信平が気付いた時に一瞬だけ放った気に応じるように、凄《すさ》まじい剣気をぶつけてきた。そしてその直後に、きびすを返して去ったのである。

「わざと、気付かせたのか」

ふと信平はそう思い、独りごちた。

# 七

「ここにもおらぬ。殿、殿！」

屋敷中を捜した善衛門は、廊下を急いで台所に入った。

「お初もおらぬ。さては、あれほど申したのに出かけたのじゃな」

口をむにむにとやって悔しがり、表に駆け出ると、空に向かって叫んだ。

「殿！」

善衛門の声が聞こえたような気がして、信平は空を見上げた。

江戸の空は、よく晴れていた。

ところどころに、凧《たこ》が泳いでいる。

堀のほとりから東の空を眺めた信平は、市谷八幡の門前町の横手に歩を進め、坂道を上った。

途中の路地では、町の娘たちが羽根突きをして遊んでいる。

狩衣姿の信平を見て何を思ったか、羽根が落ちるのもかまわずに、楽しげな笑みを向けてきた。

別の娘が、かつんと羽子板の音をさせて、こちらに羽根を飛ばしてきた。

信平が扇《おうぎ》を開いて受け止め、ひらりと払って羽根を返す。

また、打ち返してきた。

羽根を返すと、娘が近付いて来て、

「よければ、遊んでいきませぬかえ」

紅の筆を入れた目尻を流し目にして誘う。

左内坂《さないざか》の中途に屋敷を持つ名主、嶋田《しまだ》左内の娘とは知らぬ信平は、てっきり遊女の誘いと思うた。

「すまぬ。先を急ぐのだ」

扇を閉じると微笑み、もう一人の娘を一瞥し、ゆるりと歩みだした。

狩衣の後ろ姿に、娘がぽっとしている。

隣に歩み寄った別の娘が、鼻で大きく息を吸い、

「いい香りだこと」

信平が残した香りにうっとりとして、目の周りに墨で丸の字を入れられた瞼をしばたたかせた。

その横を一人の老人が通り、坂道を上って行く。

間を空けて、肩に弓を備えた侍と派手な羽織を着た侍が肩を並べて、坂道を上る。

娘たちが羽根突きをはじめようとした時、一人の侍が上って来ると、物陰に身を隠しながら、前の侍たちを追って行った。

坂道を上った信平は、ほんの一瞬だけ後ろに気を配り、長延寺《ちょうえんじ》門前を抜けて辻を左に曲がると、誘い込むように、宗泰寺《そうたいじ》横の小道へ入った。

それを見て、老人が寺の山門から入り、境内を駆け抜ける。

後の二人は、派手な羽織のほうが老人を、弓を備えたほうは、信平を追った。

信平は、寺をぐるりと回って木立の中の薄暗い道を歩んでいる。人気《ひとけ》はなく、鳥のさえずりさえも聞こえない。

緑に苔《こけ》むした漆喰《しっくい》の塀を左手に見つつ歩んでいると、寺の裏門から、一人の侍がつと姿を現した。

黒塗りの笠《かさ》を着け、無紋の羽織と袴を着た老侍は、駒山である。

帯には、吉光の小太刀一振りを差している。

信平は、先日跡をつけていた男だと、すぐに分かった。

臆《おく》することも、止まることもなく歩みを進める信平。

対する勘三郎は、小太刀の柄に手をかけ、

「おぬしに遺恨はござらぬが、命をもらう」

腰を低くして抜刀した。

名も名乗らず、訊こうともせぬ。

ただ命のみを狙う、暗殺者。

勘三郎は凄まじい剣気を放つと同時に、猛然と駆けだした。

気合も発さず、右手に下げていた小太刀で斬り上げる。

信平がひらりと身を転じて狩衣の袖を振るい、ぎらりと煌《きら》めく刃をかわした。

勘三郎が背を返し、

「ほう、なかなかやりおる」

薄笑いを浮かべ、小太刀を顔の前で真一文字に寝かせた。次の瞬間には、無心の表情に戻った。

途端に、剣気が消えた。

信平はすかさず、飛びすさった。

地に足をつけた時にはもう、先ほど信平がいた場所に勘三郎がいた。

繰り出された小太刀が、紙一重のところで空を斬っている。

瞬時のことで、常人であれば勘三郎の素早い動きは見えなかったであろう。秘剣を極める信平だからこそ、一瞬の気を覚《さと》り、攻撃をかわすことができたのだ。

「我が小太刀を二度もかわすとは、おぬし、かなりの遣い手とみた。だが、次は逃さぬ」

言うなり、小太刀を持ち替え、峰を腕に沿わせて切っ先を肘に向けた。

「忍びの剣か」

「さにあらず。地天流小太刀。まいる」

突風のごとく迫り、小太刀の刃が一閃した。

林の中に、鋼《はがね》と鋼がかち合う音が響き、両者はすれ違った。

勘三郎は、信平の右手に煌めく太刀に目を向ける。

「やはり、ただの飾りではないようじゃ」

静かに小太刀を上げ、こぼれた刃を見てにやりとした。

「吉光でなくば、斬り通されておったわ」

傷ひとつ付いていない狐丸を右手に下げている信平は、油断なく問う。

「何ゆえ、麿を襲う」

「…………」

勘三郎は答えるかわりに、腰を低くして右足を出し、身をかがめて、小太刀をにぎる右手も前に出した。

信平は右手を横に広げ、左足を前に出して横向きになり、狐丸の刀身が相手から見えぬようにする構えを取る。

死の間合いが両者を隔て、空気がぴんと張り詰める。一歩でも踏み出せば、どちらかが死ぬ。

この極限の中で、信平も勘三郎も、穏やかな表情をしていた。

「待たれよ！　両者待たれよ！」

信平の背後で、悲痛な声がした。

目を見張ったのは、勘三郎だ。

信平の肩越しに、筒井の顔を見たからである。

駆けて来た筒井が両者のあいだに入り、信平に向かって平伏《ひれふ》した。

勘三郎が怒鳴った。

「筒井、なんの真似じゃ。そこをどけい」

筒井は信平に頭を下げたまま言う。

「舅殿こそ、刀を引かれよ。このお方に手を出してはなりませぬ。前の将軍家光公の義弟、鷹司松平様にございますぞ」

「なっ！」

勘三郎が驚愕《きょうがく》した。

物陰に隠れて見守っていた内藤の仲間が怖気付き、わなわなと後ずさりして逃げようとした。

背を返したところ、目の前にお初が立ちはだかった。

「逃がさないわよ」

「おのれ」

その者は刀を抜きにかかったが、一足跳びに迫ったお初に首の急所を手刀で打たれ、白目を剝《む》いて昏倒した。

信平の正体を知った勘三郎は、力なく膝を突き、信平に頭を下げた。

「何ゆえ、麿を狙う」

信平が問うと、勘三郎は平伏したまま言おうとしない。

筒井が顔を向ける。

「舅殿、深いわけがあるのでしょう。正直に話してください」

「言えぬ」

「輝代殿に関わりがあるのではないですか」

「脅されてしたことであれば、麿が力になろう」

信平が言うと、

「こうなってはどうにもなりませぬ。すべて、お話しいたします」

観念した勘三郎が顔を上げた時、背中に矢が刺さった。

信平と勘三郎が戦う最中に、隙を見て木立の中に隠れていた侍が、口を封じるために矢を放ったのだ。

呻き声をあげて倒れる勘三郎を、筒井が抱きとめた。

そこを狙い、次の矢が放たれようとしている。

前に出た信平が、狐丸を振るって射られた矢を斬り落とし、木立に突き進む。

逃げようとした侍の背中に、信平が投げ飛ばした隠し刀が突き刺さった。

「ぎゃぁぁ」

身体をのけ反らせて悲鳴をあげた侍が、信平に振り向いたものの、息絶えて倒れた。

「舅殿、しっかりされい」

叫ぶ筒井のもとに信平が戻ると、勘三郎は苦痛にもがいていた。それでも勘三郎は、筒井の胸ぐらをつかみ、何ごとかをしゃべろうとしたが、信平の顔を見て大きな息を吐き、穏やかな表情を浮かべた。

「あなた様はやはり、それがしが、思ったとおりのお人でござったな」

「うむ?」

「こ、この書状を、お預けいたす。な、何とぞ、よしなに」

信平は、勘三郎が懐から出した書状を受け取った。

「誰に届ければよいのだ」

「あなた様が信頼される御公儀のお方に」

「承知した」

「娘を助けるためとは申せ、あなた様に刃を向けたこと、お許しくだされ」

「助けるとは、どういうことじゃ」

信平が訊くと、勘三郎が苦しげな息をした。

筒井が慌《あわ》てた。

「舅殿、気を確かに」

「じゅ、順啓」

「はい」

「輝代を頼む、頼むぞ」

「輝代殿はどこにいるのです」

「…………」

「しっかりされよ！」

「て、輝代は、内藤智成に、攫われ……」

勘三郎は言いかけて大きく目を見開き、がっくりと、全身の力が抜けた。

「舅殿！」

筒井が身体を揺すったが、勘三郎は、すでにこと切れていた。

「信平様」

「お初か」

背後の声に答えて振り向くと、お初は近くの木の根元で片膝をついて控えていた。

「手の者を、捕らえております」

「うむ。筒井殿」

信平は、悲愴《ひそう》な面持ちで見てきた筒井に言う。

「助けにまいろうぞ」

八

「荒川の奴、万歳太夫が斬られるところを見ると申して行きよったが、遅いな」

「あ奴、お文に振られたことを、根に持っておるからな」

「内藤、じじいは万歳太夫を斬ったであろうか」

三人の仲間に言われて、内藤智成は鼻で笑った。

「そのようなこと、どちらでもよいのだ。今となっては、万歳太夫の命など眼中にない。むしろ、じじいが討ち取られるほうが、当家にとっては都合が良いのだ」

「うむ？　どういう意味だ」

「あまり詮索《せんさく》せぬほうが、お前らのためぞ」

此度のことは荒川の嫉妬からはじまったのだが、父、智正の悪事を知る勘三郎がいなくなれば、内藤家は安泰。跡を継ぐ身である智成にとっても好都合。

「万歳太夫を斬り、じじいが生き残ったとしても、我が手の者が弓で射殺す手筈《てはず》だ。残るは、輝代を始末するだけよ」

「あのおなご、ただ殺すには惜しいな」

一人が言い、三人が顔を見合わせた。

「確かに、良いおなごじゃ」

「よかろう。このおれのことを笑いおった罰だ。存分にいたぶってやれ」

内藤の許しを得て、三人の仲間が嬉々《きき》とした笑みを浮かべ、座敷牢へ向かった。

「何をなさいます！」

牢から出された輝代が部屋に連れて来られ、内藤の前で押し倒された。

二人が手足を押さえた。

「やめて！」

「大人しくせい。待っても助けなど来ぬのだ」

一人が帯に手をかけた時、外がにわかに騒がしくなった。

「荒川が戻ったか」

「ち、良いところを邪魔しおって」

内藤が障子を開けると、家来どもが人と揉《も》めていた。

「何ごとじゃ」

言った内藤が、家来どもに押されていた筒井を見て驚き、気付かれぬように障子を閉めた。そして、隙間から筒井を見ていると、その背後から、勘三郎に襲わせた相手が出てきた。

家来が止めようとしたが、筒井が何かを言うと、家来たちは慌てて片膝をつき、頭を下げるではないか。

「奴は、何者だ」

不安が込み上げた内藤は、目を見張った。縄を打たれた荒川がいたからだ。

「勘三郎め、しくじりおったな」

「いったい、なんの騒ぎじゃ！」

父智正が、家来を連れて出てきた。

「智成、こ奴らは誰じゃ」

言われて、内藤は障子を開けて廊下に出た。

「父上、ただの狼藉者《ろうぜき》にございます」

「狼藉者じゃと」

「内藤殿。拙者、先手組鉄砲頭、布施影元殿の与力、筒井順啓にござる。我が許婚を返していただきたい」

「なんのことじゃ」

「お惚けなさるな。この荒川が白状しておるのですぞ」

「知らぬ」

「内藤殿！」

「黙れ。万歳太夫までも連れて来おって、ここをどこと心得る。先手組弓頭の屋敷であるぞ。無礼であろうが！」

「頭が高い。さっさと出ていけ！　貴様ら何をしておる、追い出さぬか」

用人らしき侍が怒鳴ったが、信平のそばにいる家来たちは躊躇《ためら》っている。

筒井が言い返す。

「頭が高いのはそちらのほうだ」

「むっ」

「内藤、貴様、駒山殿を脅してこのお方を斬ろうとしたのは、お名を知ってのことか」

「何……」

内藤親子が、信平を見た。

筒井が言う。

「このお方は、将軍家縁者の鷹司松平信平様であらせられる」

内藤親子は揃《そろ》って目を丸くし、用人や家来たちからどよめきが起きた。

「何が万歳太夫だ！　この馬鹿者！」

智正が息子を叱りとばし、真っ先に膝をついて、平伏した。

「内藤とやら」

「はは」

「貴様がこれまで重ねた悪事のすべてが、これに示してある」

信平は、勘三郎が託した書状を見せた。

「そ、それは……」

「貴様のことは、いずれ上様の耳に届くと心得よ」

「くっ……」

恐怖に目を見開く智正を見て、息子智成が立ち上がった。

「父上、この者はただの万歳太夫にござりますぞ。家を守りたくば、ここから生きて出さねばよいのです」

智正は驚いた顔を息子に向けたが、すぐさま、悪い顔をした。

「なるほど、さすがは我が息子じゃ。良いことを言うではないか」

「血迷うたか内藤！」

筒井が刀に手をかけたのを引き金に、内藤の家来どもが思い直したように一斉に抜刀した。

「抜け筒井。許婚がどうなってもよいのならな」

智成が障子を開けようと手を伸ばした時、その障子を突き破った侍が、庭に転げ落ちた。

「なっ」

「輝代！」

智成が部屋を見ると、輝代を助けたお初が刃を向けつつ、信平のそばに行く。

「筒井様」

許婚を抱きしめた筒井が、内藤親子を睨んだ。

「やはり貴様ら、攫っておったな」

内藤親子はしかめっ面をして、斬れと叫んだ。

向かって来た家来を信平が打ち倒し、筒井に言う。

「輝代殿を連れて出られよ」

「しかし……」

「駒山殿の言葉を忘れたか。許婚を守られよ」

信平は狐丸を抜刀し、二人を守って出た。

智成が憎々しげに言う。

「我らも先手組ぞ、一人でこの数に勝てると思うか、万蔵太夫め」

信平は唇の両端を僅かに上げ、対峙した。

それを不敵と取った智成が、頬を引きつらせる。

「おのれ」

抜刀し、

「父上をお守りいたすのじゃ。斬ってすてい！」

刀を振るって命じた。

応じた家来三人が、信平に迫る。

狩衣の袖がはらりと舞い、刃が交差する。

「ぐあ」

「むぅん」

「ぐ、うぅ」

襲った三人は、駆け抜けた信平の背後で喉の奥から息を洩《も》らし、伏し倒れた。

「おお！」

隙を逃さぬ家来が、信平の背後を攻めて突きを入れたが、ひらりと身を転じた信平が切っ先をかわしつつ、狐丸を一閃した。

背中を斬られた侍が悲鳴をあげ、目の前にいる内藤の父につかみかかり、ずるずると崩れ落ちた。

信平の凄まじき剣を目の当たりにした先手組の連中は、構えた刀を震わせている。

「去れば命は助ける」

信平は、右手を横に広げて左足を前に出し、狐丸を死角に隠した。

「去らねば、斬る」

「公家が、こしゃくな！」

「てぇい！」

二人が一斉に斬りかかった。

だが、信平は左右から斬り下ろされる刃の間隙を縫い、突風のごとく前に出た。

正面にいる内藤親子に向けた狐丸の切っ先から、一滴の血がしたたり落ちる。すると、背後で侍が倒れた。

「ま、待て、斬るな、斬らないでくれ」

観念して膝をつく父親を見て、智成も膝をついた。

「追って沙汰《さた》があろう。屋敷で待つがよい」

狐丸を鞘に納めた信平は、親子に背を向けた。

「死ね！」

油断させた智成が斬りかかり、続いて父親も向かって来た。

信平が身を転じて刃をかわし、一足跳びに親子とすれ違う。

喉を斬られて突っ伏す親子を見下ろした信平の左手には、隠し刀の刃が煌めいていた。

静かに息を吐いた信平は、狩衣の袖を振って背を返すと、ゆるりと歩を進めて屋敷から出た。

「殿、内藤家の御家断絶が決まりましたぞ」

「ふむ、そうか」

「駒山勘三郎が殿に託した書状には、内藤に脅されて斬った者の名が記されていたそうですが、いずれも有能な御旗本であったらしく、斬られたことを家の恥とばかりに、病死と届けが出ていたそうにござる」

「なるほど。して、輝代殿は、どうなったのだ」

「旗本からは病死と届けが出ておりますし、駒山勘三郎もこの世におりませぬから、娘はお咎《とが》めなしと決まり申した」

「では、この品は……」

「はい。筒井殿からでございます」

信平の前には、朱色の角樽《つのだる》が届けられていた。

「娘一人で屋敷に住まわせることはできぬと、仮祝言を早めたそうです。本祝言は、父親の喪《も》が明けてから、改めておこなうとのこと」

「筒井殿は、駒山殿の遺言を守られたか」

「さぞかし、綺麗な花嫁でござろうな」

「ふむ」

「この屋敷にも、早《はよ》うお迎えしたいですな、殿」

うきうきした様子の善衛門は、祝い酒をいただきましょうと言って、小唄を歌いながら酒器を取りに行った。

# 第二話　姉の心遣い

## 一

「おい、そなたら皆、この屋敷に行けと言われたのか」

「さようにございます、大殿様」

答えた若党をはじめ、十人もの奉公人を見回し、葉山善衛門は呆《あき》れた。

「正房の奴、奮発したものじゃ」

「半分は松平信平様、残りは大殿様のお世話をするようにと、仰せつかってございます」

「わしの世話などいらぬ。それにな、いくら屋敷が広いと申しても、十人はいらぬ。半数、いや、三人でよい」

善衛門は門番一人と下女二人を選び、残りの者は帰そうとした。

「大殿様、まことに、よろしいのでございますか」

「よいよい。殿の禄高《ろくだか》は百石じゃぞ、そちたちがおれば、かえってお気をつかわれるであろうが」

若党はすぐさま返した。

「殿？」

「いやこれは、口が滑った。信平様じゃ。とにかく、お気をつかわせてはならぬ」

「つかわれましょうか」

「信平様はそういうお方なのじゃ。さ、番町《ばんちょう》に帰れ」

「はは、では、そういたしまする」

若党は仕方なさそうに応じて、選ばれた三人以外の者は戻るぞ、と言った時、一人の女が泣きながら前に出てきた。

「大殿様、あんまりでございます。大殿様のお世話ができると喜んでおりましたのに、帰れだなんて」

袖で涙をぬぐう年増女に屈《かが》み込んだ善衛門が、

「ありゃ、おたせもおったのか、小さいゆえ分からなかったぞ」

背は低いが肉付きが良い肩をぽんとたたきながら言うと、

「あ、おやめくだされ大殿様」

触れられた照れ隠しに胸を押された善衛門が、すっとばされて尻餅《しりもち》をついた。

「痛《い》たたぁ」

「きゃっ……」

慌てて来たおたせが善衛門の脇を抱え、軽々と立たせる。

「腰を痛められましたか。あたしったら、つい……」

背中と腰をさするおたせに、善衛門は笑った。

「よいよい。相変わらず、腕っ節が強いの」

「はい。水くみで鍛えておりますから」

結局、下女の一人はおたせが残ることになり、他の者は番町に帰っていった。

後の二人は、門番が老中間《ちゆうげん》の八平《やへい》、下女は齢五十五のおつうである。

三人とも長年葉山家に奉公してきた者であり、善衛門が信頼を置く人物であった。

紹介された信平は、庭に平伏する三人に面を上げさせると、一人ひとり手を取った。

「よしなに、頼む」

「も、もったいのうございます」

八平が恐縮し、おつうもおたせも、公家の香りがする信平の雅さにうっとりとした。

あいさつを終えると、八平は門の長屋に詰め、おつうとおたせは、お初の案内で台所に向かった。

おつうは、若いお初が台所を切り盛りしていたと知り、掃除からはじめるつもりであった。しかし、磨き抜かれた台所を見回して、

「あれまぁ、綺麗に片付けられてますこと」

感心した。

屋敷を案内されたおたせは、部屋のすみずみまで掃除が行き届いているのを見て、

「ほんとに、一人で掃除してるのかね」

指で障子の桟《さん》をなでて埃ひとつ付いていないのを見て、感心している。

いいお嫁さんになるよと二人から言われたお初が笑みを浮かべると、おつうが自分の胸をたたいて請け負う。

「今日から料理と掃除洗濯はあたしたちにまかせて、お初さんは殿様のお世話をしてくださいね」

「そうそう。炊事やお掃除をしていたら、役目がおろそかになるから」

おつうにそう言われて、お初は探る目をした。

おつうが小声で言う。

「大殿様と同じ、大切なお役目があるんだろう」

信平を監視する役目を帯びていることを、二人は知っているのか。

お初は、二人に厳しい目を向けた。

「もしや、あなたたちも」

「ええ、殿様が早く奥方様を迎えられるように」

「しっかり奉公させてもらいますよ」

ぴったり息が合った二人が交互に言い、にんまりと笑った。

「そっちか……」

お初は小声で、聞こえぬように言った。信平を早く出世させるために、善衛門と共に助けろと言われた気がして、苦笑いをした。

本来は、老中阿部豊後守の命で信平を監視する役目を帯びているお初であるが、信平には幕府に災いをもたらすような野心はなく、むしろ、徳川の世のために力を尽くしている。

監視の任を解かれてもよいはずなのだが、阿部豊後守は、

「これからも、信平殿の力になってやれ」

先の事件の報告に上がったお初に、そう告げていた。

将軍家綱の計らいで松姫と夫婦になった信平であるが、松姫の父、徳川権大納言頼宣が千石へのこだわりを解こうとせず、未《いま》だ共に暮らしていない。

五摂家である鷹司家の出でありながら、やっと百石になったばかり。

出世を大老らが渋り続けるのであれば、千石になる頃には二人とも年寄りになってしまう。

若い二人の行く末を案じた阿部は、お初に励むよう命じた。

内心では、戻れと言われなかったことに安堵したお初は、改めて信平に仕えるべく、屋敷にいっそうの磨きをかけていたのだ。

そこへ、おつうとおたせがやって来たというわけだが、お初にとって、これほど助かることはない。

「わけあって時々留守をすることがありますが、その時は屋敷のこと、どうぞよろしくお願いします」

お初が頭を下げると、おつうが快諾して言う。

「大殿様から聞いています。まかせてください」

おたせが不安そうな顔をして言う。

「でもおつうさん、お初さんの味噌汁は絶品だと大殿様がおっしゃっていたじゃないですか。わたしたちで大丈夫でしょうか」

「ああ、そうだった」

困る二人に、お初は微笑む。

「では味噌汁だけは作るようにします。そのうち、お教えしますから」

「よかったぁ」

安堵したおたせが、習いたいと言って頭を下げた。

台所から笑い声が聞こえ、善衛門はほっとした表情を浮かべた。

おつうもおたせも、遠慮がないところがある。気が強いお初とうまくやってくれるか心配であったのだ。

屋敷を見回っていた善衛門は、八平の様子を見に、門へ向かった。

本来なら、百石の旗本が長屋門式の門構えを許されることはないのだが、五摂家のひとつである信平の実家に配慮して、禄に似合わぬ屋敷を与えたのだろう。

屋敷の規模からして、用人、若党、槍《やり》持ち、草履《ぞうり》とり、女中、門番といった奉公人を雇い、体裁を整えなければならない。正房はそこを鑑《かんが》みて十人もの家来を割《さ》いて送ってくれたのだろう。しかし幾ばくか扶持《ふち》米を加えてくれるなら皆を賄《まかな》えるが、きっちり百石だけの禄高では、下男下女を一人二人食わせるのがやっと。

信平に若い家来を付けてやりたいと考えていた善衛門は、人を雇わせずに、己の家から人を呼んだのだ。

葉山家の大殿である自分の世話をさせるためと言えば、三人に鷹司松平家の禄から手当を出さずとも、幕府の者が異を唱えることもあるまい。

「どうじゃ、八平」

声をかけながら長屋に入ると、八平はさっそく内職を引っ張り込み、せっせと草鞋《わらじ》を編んでいた。

気付いた八平が手を止め、頭を下げる。

「相変わらずやっておるな」

「へへ」

髪が薄くなり、小さくなった髷《まげ》を載せた頭を上げ、八平はにこりと笑った。

「どうじゃ、居心地は」

「へい。ここは暖かいので、この歳《とし》になるとありがたいです。今お茶を」

「よいよい。一通り揃えたつもりじゃが、足りぬ物があれば遠慮なく申せ」

八平は驚いた顔をした。

「大殿様が、揃えてくださったので」

「さよう」

「こりゃどうも、おそれ多いことでございます」

頭を下げた八平は鼻をすすった。

「なんじゃ、泣いておるのか」

「大殿様にこのようなことをしてもらって、あっしは果報者《かほうもの》だ」

畳が敷かれた八畳ほどの部屋だが、男一人寝起きするには十分な品が揃えてある。

本丸御殿に上がっていた頃の善衛門を知る八平からしてみれば、殿様が下僕《げぼく》のために世話を焼くことなど想像もしていなかったのだろう。

手を合わせてありがたがるので、善衛門は照れくさくなった。

「わしは隠居じゃ。気楽にしてくれ。それよりも、門と広い庭のことをおぬし一人にまかせることになる。すまぬが頼むぞ」

「番町の御屋敷にくらべれば、どうってことは……」

八平ははっとした。

「これは、とんだご無礼を言いました」

「今はそうでも、信平様は、ここの数倍はある屋敷を賜る器のお方じゃ。いずれそうなる。まあ、今ここへは、訪ねる者もそうおらぬでな、気を楽にやってくれ」

善衛門がそう言ったそばから、

「かいもぉん!」

客が来た。

「誰じゃ、いったい」

善衛門が言うと、八平が物見窓の障子を開けた。格子の外に、きちんと羽織袴を着た若侍が立っている。

「どちら様でしょう」

八平の声に顔を向けた若侍が、頭を下げた。

「こちらは、松平信平様の御屋敷か」

「はい」

「拙者、望月《もちづき》と申す。本理院《ほんりいん》様の遣いでまいった」

信平の姉、孝子の院号を聞いた善衛門が息を呑んだ。

「すぐお通ししろ、大門を開けるのじゃ」

「ただいま！」

のんびり気楽にするどころか、葉山家では聞くことのない高貴な名に、八平は慌てて出た。

閂《かんぬき》をはずし、蝶《ちょう》つがいのきしむ音をさせながら門扉を引き開けた。

望月は一重瞼《ひとえまぶた》の涼やかな目を善衛門に真っ直ぐ向け、

「松平信平様は、ご在宅ですか」

問うと、血の気のない唇を、引き結んだ。

立ち姿からして、かなりの遣い手。

腰の大小も、一目で高値な物と分かるほどのこしらえ。

御堀内で暮らす者が備える気品を、この男は持っていた。

「こちらに」

望月を案内した善衛門は、表玄関の式台に上がった。

「お腰の物をお預かりいたす」

黙って刀を引き抜いて渡すのを受け取り、書院《しょいん》造りの次の間に通した。

深川の屋敷とは違い、四谷の屋敷には客を通す書院造りの座敷が備わっており、前の主、前田《まえだ》某《なにがし》は、なかなかの武士とみえて、地味ではあるが見事な水墨画の襖《ふすま》を揃えていた。

月代《さかやき》を整えた望月が座る姿が、善衛門の目には様《さま》になって映り、

「武士はこうでなくてはならぬ」

信平も似合うであろうに、と言わんばかりのため息をひとつつき、用件を聞くため下座に座った。

本理院からの手紙であれば、善衛門が受け取るだけでこと足りる。

わざわざ信平にお出ましいただくまでもないと、もったいぶったつもりであったが、次の言葉を聞いた途端、

「た、ただいまお待ちを」

慌てふためき、ころげんばかりに廊下に駆け出た。

二

「殿！　とのぉ！」

屋敷中に聞こえるほどの声に、信平は、狐丸の刀身に打粉《うちこ》をはたく手を止めた。

障子を開けた善衛門が、宝刀の手入れを見て遠慮し、静かに障子を閉めた。

障子紙に映る影が、落ち着きなく揺れ動いている。

信平は拭《ぬぐ》い紙で挟んだ刀身を滑らせ、油を染み込ませた絹で仕上げると、鶯色の鞘に納めた。

「よいぞ」

信平が言うや、善衛門が障子を開けて飛び込んできた。

「殿！　た、大変にござる」

「うむ？」

「姉上様が、姉上様がですな」

「落ち着け、善衛門」

ひっくり返るのではないかと心配になるほど、興奮している。

「ここ、これが落ち着いておられますか。姉上様が、お呼びにございますぞ」

「誰をじゃ」

「殿をに決まっておりましょうが」

言われて、信平はぎょっとした。

「まさか、麿の姉上か」

「はい。本理院様の遣いの方が、客間でお待ちにござる」

信平は狐丸を刀掛けに戻し、客間に急いだ。

廊下から次の間に入ると、上座に向かって座していた若侍が平伏した。

「お初に御意を得まする。それがし、本理院様にお仕えする望月元秀《もとひで》にござります。

信平様のご尊顔を拝したてまつり、恐悦至極《きょうえつしごく》にござります」

「ようまいられた。本理院様が麿をお呼びとは、まことであるのか」

「はは」

「急に、いかがした。もしや、お身体が悪いのではあるまいな」

「すこぶる、ご健勝にござります。まずは、これを」

差し出された書状を善衛門が受け取り、信平に渡した。

高ぶる気持ちを抑え、信平は書状に目を通した。

姉の孝子は、信平が生まれる前に徳川に嫁いでいる。

姉を頼って江戸に下った信平であるが、将軍家光公とは対面が叶ったものの、当時、吹上の屋敷に引き籠《こ》もっていた姉との対面は許されなかった。ゆえに、生まれてこのかた一度も会ったことがなく、姉弟は、互いの顔を知らないのだ。

「吹上の御屋敷へまいれとある」

望月を見ると、無言で頭を下げた。

善衛門が、信平に嬉しげな顔を向ける。

「いつにござるか」

「明日だ」

「また急でござるな」

「望月殿、麿は江戸に暮らしながらも、生まれて今日まで、本理院様にお目にかかったことがない。幕府のお許しなく会える身ではないが、そこはいかがか」

「ご心配なく。上様にはすでに、お許しをいただいております」

「なんと、上様が」

「御意」

信平と善衛門が顔を見合わせていると、庭に八平が現れた。

「大殿様、お客様がまいられました」

「客？　誰じゃ」

「それが、名乗られませぬ」

「今大事な客がおられる。待たせておけ」

「ここはよいぞ、善衛門」

信平が言うと、

「はぁ、では」

善衛門は頭を下げて、玄関に向かった。

単衣《ひとえ》の着流しに編笠《あみがさ》を被《かぶ》った侍が、こちらに背を向けて玄関前の庭を眺めている。

「この忙しいのに誰じゃ」

小声で言った善衛門が、わざとらしく咳《せき》をして出ると、侍が振り向いた。

「おお、善衛門、上様からの書状を持ってまいったぞ」

笠を取りもせず、
堂々とした様子で言う。

「上様じゃと」

言った善衛門、笠の下から覗《のぞ》く顔を見るなり、目を丸くして式台に平伏した。

「御老中様とは気付かず、ご無礼を」

阿部豊後守忠秋《ただあき》であった。

様子をうかがっていた八平が背中を丸めてよそを向き、

「と、とんでもねえ家に来たもんだ」

逃げるように、玄関前から走り去った。

水を飲もうと台所に入るなり、女たちが八平を見た。

「どうしたんだい八平さん、青い顔して」

おつうが胡麻《ごま》を擂《す》る手を止めて訊くと、湯飲みの水をごくりと飲んだ八平が、袖で口を拭う。

「どうもこうも、とんでもねえことだ。こちらの御屋敷は客がめったに来ないと聞かされていたので、気楽な奉公だと思っていたんだ」

「それがどうしたんだい」

「番に就《つ》いて初めての来客が、本理院様の遣いのお方だ。今なんて、御老中の阿部様が来られたぞ」

「へぇ、さすがは元御公家様だねぇ。いけない、感心してる場合じゃないよ。すぐお茶をお出ししないと」

「あたしがお持ちします」

阿部豊後守と聞いては、お初が行かぬわけにはいかぬ。

茶の支度をしていると、台所に善衛門がやって来て、酒肴《しゅこう》を出すよう命じた。

お初は引き返そうとする善衛門を追い、何ごとなのか訊いた。

うふふと笑った善衛門が、

「殿にとっては、まことに良い話じゃよ」

耳元で、これから起ころうとしていることを教えると、

「まあ」

お初は珍しく目を見張り、笑みを浮かべてうなずいた。

「旨い酒とつまみをお出しするのだぞ」

「おまかせを」

お初は機嫌よく受け、支度にかかった。

湯飲みを持ったまま見ていた八平が、おつうの袖を引いた。

「いったい、何があるんだろうな」

「大殿様が小声でおっしゃったから、あたしらが聞くことじゃないさ。知りたいけど」

おつうがお初に聞こえるように言うと、お初は手を止めて歩み寄り、三人を集めて耳打ちした。

「なかなか良い屋敷ではないか、信平殿」

今日何度も聞く言葉に、信平はいやな顔ひとつせずにうなずく。

「上様のお心遣いに、感謝しております。阿部様にも」

改めて頭を下げる信平に、阿部は、

「ふん。さぞかし、不服であろう」

厳しい目を向けて言う。

その様子に、望月が困惑した顔をした。

遠慮して立ち去ろうとするのを阿部が止める。

「尾張と紀州の件では、徳川の世を揺るがしかねぬ事態を信平殿が収めたのだ。千石に加増があってもよいところが、たったの五十石。並の武者ならば、とうてい我慢できぬぞ。のう、望月殿」

「は、はあ」

望月は返答に窮した。

「それを、この男は怒りもせず、涼しげな顔をしておる」

指差して言うと、阿部は膳から銚子《ちょうし》を取り、信平に差し向けた。

酌《しゃく》を受けようとしたのだが、一滴も出ぬ。

「これ、お初、酒を持て」

頬を赤らめている阿部は、酒を飲むといつもこうなのかといえば、そうではない。今日はとことん飲むぞと言って、お初を驚かせていたのだ。

「信平殿、わしはな、そのようなおぬしが気に食わぬ」

はっきり言う阿部に怒った善衛門が、下座で口をむにむにとやりはじめている。

上座に座し、信平と向き合う阿部は善衛門の様子を見もせず言う。

「もっとこう、欲を出さぬか欲を。そのようなことではの、いつまで経《た》ってもあれだ、石頭の頼宣侯から、姫をいただけぬぞ」

「豊後守様、少々お戯《たわむ》れがすぎまするぞ」

ついに我慢の限界を超えた善衛門が、下座から阿部を諫《いさ》めた。

だが、阿部はまったく聞かぬ。不機嫌な顔を善衛門に向け、指差した。

「おぬしは、信平殿が今のままでよいと申すか」

「そのようなことはございませぬ。千石どころか、万石の大名になっていただかなくては。信平様は、その器がございますゆえな」

憤慨《ふんがい》して言うと、阿部がしたりと目を細めた。

「分かっておるではないか」

「当然です。それがしは誰よりも、殿のおそばにおりますから」

「おぬしは、いつから信平殿の家来になったのだ」

「これは口が滑りました。隠居の身でございますから、ご容赦《ようしゃ》を」

「まあよい。長らく上様のおそばに仕えたそなたを見て、情に厚いことはよう分かっておる」

そこへ、お初が酒を持って戻り、阿部に酌をした。

阿部は一息に盃《さかずき》を空にし、信平に差し出す。そしてお初から銚子を取り、

「見たいものじゃな、信平殿の大名姿を」

真面目な顔で言いながら、酒を注いだ。

信平は首を横に振り、酌を返した。

阿部が身を乗り出す。

「酒井の爺《じい》様にも、知恵伊豆《ちえいず》（松平伊豆守信綱《いずのかみのぶつな》）にも遠慮はいらぬ。これからはの、功名に似合わぬ褒美《ほうび》には、堂々と不服を申したてよ。さすれば上様も、このわしも、出世を渋る奴どもを説得する身に力が入るというものじゃ。よいな、信平殿」

「は、はぁ」

「気のない返事をしおって。まったくおぬしは、欲のない男じゃ。ま、そこが良いと

ころなのじゃが」

「…………」

「いやぁ、良い気分じゃ。信平殿、今日は馳走になった。これからは、時々寄らせてもらいたいが、いかがか」

「このような所でよろしければ、いつでもお越しください」

「うん、よし。お初、見送りを頼むぞ」

お初に肩を借りて立ち上がった阿部は、よろよろとした足取りで玄関へ向かった。

日暮れ時の通りへ出ると、いつまでも頭を下げる八平の姿が見えなくなったところで、阿部は両腕を自分の袖に入れて、ふっと笑みを浮かべた。

「お初、どうであった、わしの芝居は」

お初は驚いた。

「お酔いになっておられませぬのか」

「いくらわしとて、酔うたふりをせねば、信平殿にあのようなことを言えぬ」

「まあ」

「善衛門が申すとおり、無役の旗本にしておくのは惜しいお方よのう」

「はい」

「わしはな、早く出世していただいて、幼き上様の力になってもらわねばと思うておるのだが、少々、無礼であったかの」

お初は首を横に振った。

「信平様は、豊後守様のお気持ちを分かっておいでと存じます」

「うむ、ならばよい」

四谷御門の手前まで来ると、大名駕籠《かご》が待っていた。

阿部はお初から編笠を受け取り、控えていた家来に持たせ、駕籠に乗り込んだ。

「明日は本理院様も尻をたたいてくださろうから、楽しみじゃ。ぬかりなく、頼むぞ」

「かしこまりました」

静々と曲輪《くるわ》内に戻る行列を見送ったお初は、信平の屋敷へ戻った。

三

「殿、約束の刻限に遅れますぞ、はよう起きなされ」

夢の中にいた信平は、善衛門の声に目をさまし、起きようとして頭を押さえた。

ごめんと断って障子を開けた善衛門が、ぎょっとする。

「殿、お具合が悪いのですか」

「頭が痛い。ちと、飲みすぎたようじゃ」

「豊後守様には困ったものですな。大事な日を前に、殿に大酒を飲ませて」

「なかなかに、楽しいお方であるな。厳しいことも言われたが」

「殿のことを、お目にかけておられるのですよ。今日は、こちらにお召し替えになられませ」

差し出されたのは、銀糸の鷹司牡丹《ぼたん》の刺繍《ししゅう》が入れられた、白い狩衣であった。

信平が京より持って来た物であるが、本理院に懐かしんでいただこうという、善衛門の心遣いだ。

お初が作ってくれたしじみの味噌汁《みそしる》で朝餉《あさげ》をすませた信平は、赤い単衣の上に狩衣を被り、黒の指貫の腰に狐丸を下げて支度を整えた。

供をする善衛門は裃《かみしも》を着け、お初は女中らしく、白地に桜色の矢絣《やがすり》の着物を着ている。

三人で門を出ると、迎えの武家駕籠が止まっており、傍らで望月が待っていた。

「よしなに、頼む」

信平は、頭を下げる望月に言うと、黒漆塗りの駕籠に乗った。

静かに出立《しゅったつ》した駕籠は、四谷御門を潜り、麹町《こうじまち》の大通りを通って半蔵門《はんぞうもん》に向かい、程なく吹上に入った。

吹上といえば、松姫が暮らす紀州藩の上屋敷がある。

尾張、水戸《みと》、紀州を治める徳川御三家の屋敷は、将軍を迎えるための唐破風檜皮葺《からはふひわだぶ》きの御成門《おなりもん》を備えているはず。

信平は駕籠の小窓を開け、外を見た。

確かに他とは違う荘厳《そうごん》な門が目に映える。だが、松姫が暮らす屋敷がどれなのか、信平には見分けがつかぬ。

横を歩む善衛門に訊こうとしたのだが、急に恥ずかしくなって、やめた。

窓が閉まるのを見て、善衛門とお初が顔を見合わせ、含み笑いを浮かべた。

駕籠は吹上をさらに進み、天守を正面に望む道に入ると、本理院の屋敷前で止まった。

中の丸と呼ばれている時から暮らす屋敷は、将軍の正室であったにしては、こぢんまりとしている。

仕える者も少ないとみえて、吹上にある大名屋敷とくらべると、この屋敷は、ひっそりとして静かであった。

望月の案内で式台に上がった信平は、控えの間に向かう善衛門とお初と別れ、書院の間に通された。

ここは、表玄関から並ぶ他の部屋の様子とはうって変わった、絢爛《けんらん》な造りだった。襖は金箔《きんぱく》が貼られ、見事な色彩の松と孔雀《くじやく》が描かれている。欄間《らんま》の彫刻、天井の極楽絵、どれを見ても素晴らしく、家光公が孝子をむげに扱っていたのではないことがうかがえる。

信平は上座に向かって座し、望月は次の間に控えた。

背にする庭から、小鳥のさえずりが聞こえる。

耳に心地好い鳴き声にこころを落ち着けた信平は、目を閉じて待った。

人の気配を機敏に感じた信平の耳に、程なく衣擦《きぬず》れの音が聞こえてきた。横の障子が開けられるに応じて、信平は平伏した。

衣擦れの音と共に、左手側に座る者がいる。続いて、上座に人が座った。

平伏する信平に姿は見えぬが、ほのかに香る香木《こうぼく》の匂いが、気分を清々《すがすが》しくするようであった。

「信平、面を上げなさい」

思っていたより、柔らかくて温かい声であった。

「はは」

うやうやしく応じた信平は、初めて見る姉に微笑んだ。

法衣《ほうえ》に身を包んだ孝子は、齢五十三には見えぬ若々しい顔に、優しい笑みを浮かべていた。

「ようまいられました」

「徳川の門下に名を連ねるにあたり、本理院様にはお手を煩《わずら》わしていただきながら、今日までごあいさつもせず、ご無礼いたしました」

「よいのです。そなたが来ようとしても、叶わぬことであったのですから」

「はい」

「それはそうと、鷹司牡丹の狩衣を着ているそなたは、父上によう似ています。ほんに、そっくり。京を懐かしゅう思います」

吹上の屋敷からほとんど出ぬ暮らしを強いられた孝子にとって、京での暮らしは懐かしく、また、昨日のことのように思えるのだろう。

控えている侍女が、そっと目尻をぬぐった。

「そなたの江戸での武勇は、わたくしの耳にも届いています。さぞかし家光公も、あの世でお喜びのことでしょう。そなたが江戸にくだった時は、弟ができたと申されて、お喜びでしたから」

「さようで、ございましたか」

信平は、旗本に召し抱えると言った時の、家光の笑みを思い出していた。

家来になって間もなく病で亡くなってしまい、結局、顔を合わせたのは江戸城に上がった日の一度のみ。

家光が姉にそのようなことを言っていたとは、思いもしなかった。

「本理院様」

「はい」

「麿は、本理院様が徳川の家でご苦労されているとばかり、思うておりました」

本理院は伏せた目を左右に動かし、少し考えた後に信平を見た。

「若い頃は、幕府や大奥の者がいろいろしてきましたから、困ったこともありました。けれども、家光公は、世間が言うほどわたくしに辛《つら》く当たられてはおりませぬ。時にはお忍びで、この屋敷に足をお運びくださっていたのです」

「そうでしたか。麿がお頼り申し上げたことで、肩身が狭い思いをされたのではないかと、案じていました」

「どうして、そう思うのです」

「麿は、庶子ゆえ」

本理院は驚き、すぐさま、優しい面持ちをした。

「そなたが公家の中で苦労をしたのは、わたくしもよう存じています。ですが、そなたのことを迷惑と思うたことは一度もなく、また家光様も、そなたの人となりを見込まれておられました。わたくしは、肩身の狭い思いをするどころか、誇りに思うているのです。また家光公も、家綱公には、わたくしのことを母と思えとおっしゃり、今もこうして、何不自由なく暮らしています」

将軍家綱は確かに、本理院を母と仰ぎ、手厚く庇護《ひご》している。

屋敷の表は質素だが、中の造りの荘厳さを見れば、家光と家綱が本理院をどのように扱っているか、一目瞭然。

暮らしに何ひとつ不自由はないとも言った本理院は、目つきを厳しくした。

「不服があるとすれば、そなたのことです」

「いたらぬことがあれば、お教えください」

「紀州大納言殿の姫を嫁にいただきながら、未だ迎えておらぬというではありませんか」

「それは、まあ、いろいろと、事情がございますゆえ」

信平はしどろもどろになった。

「いろいろとは、なんです」

深く問われ、思わず目を泳がせる。

「まだまだ、姫をお迎えする身分ではないと、いうことです」

「千石のことは聞いています。早う出世して、迎えに行きなさい」

「はぁ」

「気のない返事。そなたもしや、姫を迎えとうないのですか」

「いえ、そのようなことは。ただ、新参の麿が千石を賜るのは、容易なことではございませぬゆえ」

すると本理院は、探るような面持ちをした。

「あきらめているように聞こえますが」

「励んでおります。ですが、ご加増は、望んで得られる物ではなく、本理院様にはご心配をおかけします」

重々承知の本理院は、ため息をついた。

「大納言殿も、酷なことをなされる」

「頼宣侯のおこころうちは、一度お会いした時にうかがっております。貧乏旗本になど娘をやれぬと思われるは当然。姫とて、苦労を承知で来とうはございますまい」

本理院は庭に目を向け、遠くを見るような眼差しで言う。

「さて、大納言殿はともかく、姫はそう思うておろうか」

「…………」

信平は、返答に窮した。

本理院は、信平の目を見つめた。

「大事なのは、そなたの想いです」

「想い？」

「そうです。姫と共に暮らしたいと、想うておらぬのですか」

信平は、松姫のことを思い出していた。

そうとは知らず出会った浅草のだんご屋と、深川でのこと。

姫を想う気持ちは、日ごとに強くなっている。

「……どうなのです」

「麿は、一日も早く、姫を迎えたいと願《ねご》うておりまする」

本理院は満足そうに微笑み、うなずいた。

「安堵したら、喉が渇きました」

「今、お茶をお持ちいたします」

侍女が告げて頭を下げ、立ち去った。

程なく障子が開けられ、衣擦れの音と共に、花のほのかな香りが微風《そよかぜ》に乗って流れて来た。

どこかで、嗅いだことがある香り。

そう思う信平の目の端に、侍女とは違う、艶《あで》やかな着物が入った。

別の侍女が持って来たのだろう。

差し出された茶台を持つ手の白さに目を止め、礼を言う。

「かたじけない」

「いえ……」

恥ずかしそうな声音に、信平は目を向けた。

「…………」

思わず息を吞み、声が出なかった。

信平は、見開いたままの目を、本理院に向けた。

本理院は袖で口を隠し、くすりと笑う。

「ほ、本理院様、これはいったい」

「まあ、落ち着いて。姫……」

本理院に促され、姫が三つ指をついた。

「松にござりまする」

「は、はい」

信平は、身を固くして頭を下げた。

名を聞いても驚かぬ信平の様子に、本理院が意外そうな顔をした。

「存じておるのか、姫のことを」

「浅草と深川で、お会いしたことがございます」

「そうでしたか」

驚いたのは、松姫のほうだ。

「わたくしのことを、お分かりくださっていらっしゃったのですか」

「松姫だと分かりましたのは、姫が深川の岸を離れられた後です。舟から中井《なかい》殿に声をかけられたのを見て、気付きました」

「あの時の……」

名乗らずに会ったことを悔いていたのか、松姫はばつが悪そうな顔をした。

「深川でも驚きましたが、今日はそれ以上に、驚きました」

信平が笑みを向けると、松姫は顔を赤らめてうつむいた。

二人の様子を見ていた本理院が、

「ほほほ」

嬉しげに笑い、

「今日のことは、わたくしが仕組んだこと。夫婦になった二人が顔も知らぬのは不憫《ふびん》と思うてのことでしたが、どうやら、いらぬことでありましたねぇ」

「では、姫も麿がいるとは……」

「うかがっておりませぬ。本理院様から、珍しいお客がまいられておるゆえ、後で茶をお出しするよう申し付けられていましたものですから、信平様を見た時には、息が止まるかと思いました」

「ほほほ、おかげで楽しませてもらいました」

嬉しそうに言う本理院は、立ち上がった。

「しばし、夫婦で語り合うがよい」

本理院と共に望月も去り、松姫と二人きりになった信平は、美しい姫を前に緊張し、急に言葉が浮かばなくなった。

何か言おうと思えばよけいに頭の中が真っ白になり、どうにもならぬ。

手を伸ばして湯飲みを取ろうとしたのだが、手元が狂い、茶台を倒してしまった。

慌てて懐紙を出して伸ばした手に、こちらも懐紙で拭こうとした松姫の手が重なり、二人とも慌てて引っ込めた。

「す、すまぬ」

「いえ」

松姫がこぼれた茶を拭い、

「新しいのをお持ちいたします」

「いや、よいのだ」

「でも」

「ここに、いてくれぬか」

信平が引き止めた。

「やっと、こうして会えた。されど、時に限りがある。少しでも長く、共にいたいのじゃ」

自然に出た言葉だった。

松姫は顔をうつむけ、座りなおした。

「姫」

「はい」

「……いや」

また、頭が真っ白になる。

沈黙したまま刻《とき》がすぎてゆく。

互いの息づかいを感じ、手を動かす衣擦れの音、共に聞く小鳥のさえずり。

二人で座っているだけで、幸せに思えた。

信平は、松姫を見て言う。

「深川で我が妻と知りながらも、こうして二人で会える時が来るとは思えなかった」

「父上の、せいでございますね」

「父親としては、当然のことと思う」

「わたくしは、家の大きい小さいなど、なんとも思いませぬ」

「そうではない。頼宣侯は、麿のこころを確かめておられるのだ」

「おこころを？」

「うむ。今の世で、五十石取りの旗本が千石取りになるのは、容易《たやす》いことではない。公家の出の麿に、姫を妻とする気概《きがい》があるのかを、試しておいでなのでしょう」

「……そうなのでしょうか」

「今日、姫とこうして会わせていただいて、はっきり分かった」

「それは、本理院様のおかげでは」

「本理院様が麿を招いてくださったことは、上様と御公儀の許しを得てのこと。今日のことは、お父上のお耳にも届いているはず」

「おっしゃるとおり、本理院様の書状は、父上からいただきました」

言っておいて、松姫は驚いて口に手を当てた。

信平が笑みを浮かべると、松姫は、にわかには信じられぬ様子で言う。

「父上は、信平様にお会いすることをお許しくださったのでしょうか」

「麿は、そう思う」

この時、木挽町《こびきちょう》の下屋敷《しもやしき》でゆるりとくつろいでいた頼宣が、家来が首を捻《ひね》るほど上機嫌で、

「本理院様に頼まれたのでは、どうにも断れぬわい」

などと言いつつ、時々含み笑いを浮かべていたことを、信平と松姫が知るはずもない。

「姫」

「はい」

「町へは、お忍びでよく出られるのか」

「いえ、あれは、その」

信平に会いたいがために飛び出したとは言えず、松姫は言葉に困った。

「麿は、浅草のだんご屋で姫とお会いしたことを、昨日のことのように覚えている」

「わたくしも……」

「また、会えるとよいな」

「…………」

唇に笑みを浮かべる信平の寂しげな横顔を見て、松姫はどうにも、いたたまれなくなった。

「わたくしも、会いとうございます。信平様」

「うむ？」

「十日後のお昼に、二人が出会った浅草のだんご屋で、待っていてくださいませぬか」

「しかし、お付きがおられよう。お父上とて、許されまい」

「必ずまいります」

強い意志を秘めた目を向けられ、信平はうなずいた。

若い二人は、夫婦でありながらお忍びで会うという奇妙な約束をして、この日は別れたのである。

「本理院様、本日はまことに、ありがとうございました」

「姫とは、お話ができましたか」

「はい。本理院様にもまた、お目にかかりとうございます」

「その時は、文を送りなさい。また、楽しげな趣向を用意しておきましょう」

松姫との秘密の約束を言えるはずもなく、信平は、本理院に深々と頭を下げて、屋敷を後にした。

四

「殿、熱でもおありか」

本理院に招かれた日から十日後の朝、信平は、着物を着たいと、善衛門に言った。

善衛門は、信平の額に手を当てた。

「熱ではないようじゃ」

「たまには、袴を着けてみようと思うたまで。四谷は、袴が似合う町であるからな」

「やっと武士らしくなさる気になられたか。うん、祝着《しゅうちゃく》、祝着。では、とっておきのを出してしんぜますぞ」

納戸からごそごそと引っ張り出してきたのは、新しそうだ。

「初めて見る柄だな」

「殿が自ら着ると申してくださる日を夢見て、作っていた物です」

良い生地の着物は、黄白色に黒の蚊絣《かがすり》模様で、袴は、淡いねずみ色。

着物と同じ色の羽織は、鷹司牡丹の家紋が入れられていた。

「もそっと、人目に付かぬ物がよいのじゃが」

善衛門は笑った。

「何をおっしゃる。狩衣にくらべれば、地味でござるよ」

「ふむ、さようか」

信平は仕方なく、袖を通した。

「よう似合いまする。これで月代を剃《そ》れば、どこから見ても立派な若殿様ですぞ」

「これでよい」

信平は髷のことには触れぬようにして、玄関に向かった。

「殿、どちらへお出かけです？」

「ちと、町を見回ってくる」

「ほう、町を……」

疑いの目を向けられたが、信平は涼しげな顔をしている。

だが心の臓は、激しく鼓動していた。

「では、行ってまいる」

出かける信平を見送った善衛門は、こっそり後を追うお初の背中に向かって、

「あまり、邪魔をするでないぞ」

聞こえぬように言ったつもりが、鋭い目を返され、ぎくりとして背を向けた。

屋敷を出た信平は、慣れぬ袴と草履に苦労しながらも、浅草へ急いだ。

約束は昼。

急がねば、間に合わぬ。

はやる気持ちを抑えて御堀沿いを歩み、牛込御門、小石川御門の橋の袂《たもと》を通りすぎたところで、道に不案内のため、駕籠を雇った。

駕籠かきの軽やかなかけ声を聞きながら揺られ、名も知らぬ通りを進んでいく。

駕籠かきの二人が、本郷の町を通るか否かと相談し合い、武家屋敷が建ち並ぶ通りから町中の通りに入った。途中で右に曲がり、大名屋敷の長大な長屋塀の横を通り抜けると、正面に池が見えた。

不忍池《しのばずのいけ》を右に行くか左に行くかと声をかけ合った駕籠かきは、左は大回りだということで話が決まり、右へ曲がった。

やがて、信平にも見覚えがある大通りに出た。

寛永寺《かんえいじ》黒門前の下谷広小路《したやひろこうじ》を北に向かった駕籠は、新寺町《しんてらまち》通りへ折れて進み、一際大きな敷地を有する寺に差しかかった。

大勢の参詣人が出入りしている山門には、東本願寺《ひがしほんがんじ》の寺号《じごう》が見える。

駕籠は粛々と通りすぎ、少し先の四辻を左に曲がった。三軒の寺を経て見えてきた東本願寺の裏門をすぎたところの三辻を右に曲がり、浅草寺《せんそうじ》門前へと続く道に入った。にぎやかな通りを進み、雷門の前で止まった。

酒代を付けた代金を渡し、約束のだんご屋に向かう。

いろいろな店が建ち並ぶ道を、往来する人々の間を縫うように歩み、緋毛氈《ひもうせん》を敷いた長床几を置いただんご屋を見つけた。

白髪の老婆が、客を相手に忙しく立ち回っている。

店の軒先に立った信平は、出てきた老婆に頼み、奥の小上りに入れてもらった。

「お武家様、何になさるかね」

人を待つと言うと、いやな顔ひとつせずに応じて、茶を出してくれた。

店は狭いが、隣の人と触れるほど狭い座敷ではなく、出しているのがだんごだけということもあって、客が早く入れ替わる。

茶を二杯お替わりした頃になると、さすがに居心地が悪くなってきた。

だんごを頼もうかと思っていると、表から戻った老婆が、歯が抜けた口をにんまりとさせて、お連れのお方が見えましたよという。

老婆に少し遅れて、桜色の着物姿の松姫が慌てた様子で来ると、信平の着物姿を見て驚いた。

「たまには、これも良い」

「お似合いでございます」

松姫は笑みで言い、遅れたことを詫びた。

「麿も今来たところゆえ、あやまることはない」

そう言う信平に、老婆が楽しげな笑みを浮かべ、松姫を座敷へ誘った。

「どうやら、うまくいっているようだね」

信平と松姫の顔を覚えていたらしく、松姫が店に来るなり、信平のもとへ案内してきていたのだ。

「だんごはいかがか」

「いただきます」

「では、二つ頼む」

「あいよ」

老婆が一旦下がり、すぐに持って来てくれた。

店自慢の品だろうが、信平は緊張のあまり、味がよくわからぬ。

「美味《おい》しい」

松姫は嬉しそうに言い、ゆっくりと食べている。

懐紙を差し出し、唇の右を示して教えると、松姫は笑って拭った。

その明るい性格が、信平の緊張をほぐしてくれ、だんごの味が分かるようになった。

二人で下町の味を堪能《たんのう》し、

「では、外を歩こう」

老婆に待たせてもらった分も代金をにぎらせ、店を出た。

二人は浅草寺界隈《かいわい》の店を散策しながら、肩を並べて歩んだ。

美しい櫛を見つけて喜ぶ松姫の横顔。

商品に伸ばした手の白さ。

一本の乱れもなく結い上げられた髪。

すべてが、輝いて見えた。

深川で我が妻と知った時から、信平は姫に恋をしている。

夜は星空を見上げては姫を想い、昼は城の甍を見つめて姫を想っていた。

その姫が、今、目の前にいる。だが、永遠ではない。許されるのは、日が暮れるまでの僅かなあいだだけ。

刻々と時がすぎ、二人の口数が少なくなっていった。

二人はいつしか、寛永寺の黒門前に歩んで来ていた。日が暮れるにつれて、帰る方角に足を向けていたのだ。

「姫」

「はい」

「今日は、会えてよかった」

「わたくしも」

刻の鐘が、江戸の空に鳴り響いた。

「刻限が、きてしまったな」

「…………」

松姫は、寂しげな顔でうなずいた。

信平は、次はいつ会えるかと言いかけて、言葉を飲み込んだ。

姫の肩越しに、侍女の糸と、中井春房《はるふさ》を見たからだ。

おそらくこの二人は、姫を市中に送り出すにあたり、我が身の行く末を懸《か》けているはず。

吹上の屋敷を抜け出すことを重ねれば、頼宣侯の知るところになり、どのような咎めを受けるやもしれぬ。

姫とて、お叱りを受けるであろう。

信平は、松姫を見つめた。

「どうか、息災に暮らしてくれ」

「はい」

「では……」

信平は手もにぎらず、姫と別れた。

頭を下げる糸と中井の前を歩み、

「今日は、世話になった。姫を頼む」

声をかけて、門前の大通りを南にくだった。

不忍池を右に曲がり、町中の駕籠を雇うつもりで歩んでいると、店の軒先からつと現れた女が、信平の前に立ちはだかった。

下を向いて歩んでいた信平が、赤い鼻緒《はなお》を見て顔を上げた。

「お初であったか」

「信平様」

お初は、怒っている。

「うむ？」

「何ゆえに、次のお約束をなされませせぬ」

「聞いておったか」

「聞きませせぬ。でも、姫様の様子を見れば分かります」

「様子？」

「信平様とお別れになった後、泣いておられました」

「……さようか」

「叶わなくとも、いつか会おうとお約束をいただくことができたなら、姫様はきっと、泣かれたりはしませぬ」

「………………」

「聞いておられますのか、信……」

お初が顔を上げた時には、信平はすでに、駆けだしていた。

通りを走りながら松姫を捜したが、どこにも姿がない。

桜色の着物を見つけて声をかけようとしたが、別人と気付き、通りを見回す。

薄暗くなりはじめていた通りで、大勢の人の中から姫を見つけようとしたが、どこにも見当たらない。

あきらめて帰ろうとした時、蠟燭《ろうそく》問屋の店先から、中井が出てきた。

糸が続き、最後に、赤い打掛けを羽織った松姫が、武家の姫に身なりを整えて出てきた。

「姫!」

信平が声をかけると、駕籠を守る供の者が警戒をしたが、中井が制止した。

「信平様」

驚いた顔をする松姫に歩み寄ると、信平は姫の手をにぎった。

中井と糸が顔を見合わせ、ふっと笑みを浮かべている。

「文を、送ろうと思う」

「わたくしも」

「また会おう」

「……はい」

瞳を潤《うる》ませる松姫に、信平は笑みを浮かべてうなずく。

「この手の温もり、忘れぬ」

「はい」

近くに暮らしながら、遠く離れている二人は、再会を誓い合い、それぞれの家路についた。

その、二人の様子を、止めさせた駕籠の中から見守っている者がいた。

「なるほど、あれが、おれから松姫を奪った男か」

「御意」

「ま、共に暮らせぬ身じゃ。すぐに、我が妻となろう。大叔母がお待ちじゃ、紀州の

「藩邸へ急げ」

「はは」

松姫を乗せた駕籠より先に到着すべく動きだした駕籠には、戦国の猛将、加藤清正《かとうきよまさ》が使っていた蛇の目の家紋が見える。

小窓から信平を見る目は、自信に満ちたものだった。

# 第三話　荒武者の涙

## 一

金色《こんじき》に輝く五重の塔を浮かし絵にした銅製の手あぶりの中で、足されたばかりの炭がちっと弾《はじ》け、火の粉を上げた。

奥女中が蠟燭に火を灯《とも》して立ち去るのを待ち、加藤清七郎《せいしちろう》は伏せていた目を上げた。

細い眉《まゆ》の下にくぼむ目が、蠟燭の明かりを映してぎらりと輝いて見えた。

野望に満ちた目をしている。

高貴な影はなく、荒武者の面構えだ。

清七郎と対面する女はそう思ったのか、

「そなたの曾祖父《そうそふ》に、よう似てきました。血とは、まこと正直なものじゃ」

艶のある頬を僅かに上げて、微笑んだ。八十《やそ》の方だ。

女は、徳川権大納言頼宣の正室、八十の方だ。

齢五十四になる八十の方は、戦国の猛将、加藤清正の次女である。

僅か九歳の時に、父清正と徳川家康のあいだで約定《やくじょう》が交わされ、頼宣と婚約。十七の時に輿《こし》入れした。

頼宣とのあいだに子はおらぬが、正室として紀州徳川家を陰で支え、家臣団からの信頼も厚い。

その八十の方を大叔母と呼ぶ清七郎は、元熊本藩第二代藩主、加藤肥後守忠広《ひごのかみただひろ》の長男、光広《みつひろ》の落胤《らくいん》。

今をさること二十二年前、第二代藩主忠広が江戸参府の途上、品川《しながわ》宿で入府を止められ、皮肉にも、初代熊本藩主である父、加藤清正が祈願寺としていた池上本門寺《いけがみほんもんじ》にて、領地召し上げ、改易《かいえき》の沙汰を受けた。

改易の理由は、重臣らによる藩の主導権を争う御家騒動とされているが、忠広の子、光広の奇行が原因とも言われている。

改易を命じられた忠広は、出羽庄内《でわしょうない》藩お預けの身となり、肥後五十二万石から、一代限りの一万石に格下げされながらも、昨年に死去するまで、自由気ままな生涯を送ったという。

しかし、光広は違っていた。

飛驒《ひだ》高山《たかやま》藩のお預けとなった光広は、父と違い清正譲りの武人肌であり、改易の責任が自分にありと後悔し、蟄居《ちっきょ》から一年後にこの世を去った。

自殺とも、毒殺とも言われているが、真相は定かではない。

そして、清七郎は、蟄居の地に暮らす光広が、侍女に産ませた子である。

甥の子が生きていることを知った八十の方は、頼宣に懇願して養子に入れようとした。だが、加藤家は外様《とざま》。しかも、改易の原因を作った光広の子を養子にすることは家臣団も異を唱え、強行すれば御家騒動になると案じた頼宣が、将軍家光の許しを得て、紀州藩の知行から千石を分け与えて独立させた。

それを機に加藤の姓を名乗ることも許され、清七郎は事実上、御家再興を果たしたのだが、恩ある頼宣に仕えることはなく、上野にある紀州藩の拝領地から屋敷地をいただき、何をするでもなく暮らしている。

本来なら、頼宣に感謝するべきであるが、この清七郎、心底には、わだかまりを秘めている。

起因する出来事は、昨年の初夏に起きた。

松姫を輿入れさせるという約束を、反故《ほご》にされたのだ。

と、申しても、頼宣には覚えがないこと。

八十の方が、加藤家の血を引く清七郎に松姫を嫁がせ、親藩に格上げすることを夢見て、清七郎に軽口をたたいてしまったのだ。

徳川の血を引く松姫を嫁にもらえば、それ相応の禄を与えられ、大名格を許されるはず。

清七郎は八十の方の軽口をまことと信じ、美しき姫を妻にいただき、大名になれると思い込んでしまったのだ。

その夢が、初夏におこなわれた信平との婚儀によって崩れ去った。

清七郎は、頼宣に約束を反故にされたと恨みに思い、以来、吹上の屋敷には近づかなくなっていたのだが、大名になる野心を捨てることができずに、こそこそと、策を練っていたのだ。

「大叔母様、松姫様は、いかがしておいでですか」

八十の方は、辛そうな顔をした。

「姫のことは、悪いことをしたと思うています」

「それがしも清正侯の血を引く者。いつまでもめそめそしてはおりませぬ」

「そう申してくれるか」

「ただ、加藤家をふたたび大名に列することが叶わず、清正侯に詫びる毎日でございます」

八十の方が目を伏せるのを見て、清七郎は唇を舐《な》めた。

「伝え聞きましたところ、松姫様は未だ先方の屋敷に入っておられぬそうですね」

「ええ」

「頼宣様が、千石になるまで渡さぬと申されたと聞いたのですが」

「殿は、公家を捨て、武士になると申すような得体の知れぬ者に、姫をやりとうはなかったのです。千石の条件を出されたのも、相手に渡さぬための口実。いくら可愛い娘とはいえ、いつまでも屋敷に閉じ込めておくのもどうかと思うのですが」

「それは妙な」

「妙?」

「こちらに上がる途中、市中で姫を見かけたものですから」

「まあ、それは奇遇でしたね。姫は今日、寛永寺に詣《もう》でていますから」

「それが、信平殿もご一緒のようでしたので、それがしはてっきり、姫はあちらの家に入られたのだと、肩を落としてきたのでございます」

八十の方は驚きを隠せぬ。

「信平殿と？」

二人が外で会っていたことにも驚いたが、それ以上に、清七郎の気持ちに驚いた。

「そなた……」

「それがしはただ、加藤家を昔のように大きくしたいと願うのみ。姫様がこのまま歳を召されるのであれば、いっそ離縁していただき、それがしの……」

「お黙りなさい」

「大叔母様は、加藤家が没落したままで良いとお思いか」

「それは……」

「姫をそれがしの妻とできましたなら、親藩として大名に復活するのも夢ではございませぬ。そうなったあかつきには、この清七郎、必ずや幕府のお役に立ち、清正侯のように、加藤家を大大名にして見せまする」

八十の方は、小さなため息をついた。

「わたくしがつまらぬことを申したばかりに、そなたに叶わぬ夢を抱かせてしまったようです」

「大叔母様」

「姫は上様のご配慮によって信平殿と夫婦になったのです。いかなることがあっても、こちらから離縁を申し立てることはありませぬ」

清七郎は膝を進めた。

「頼宣様との約束を平気で破り、姫に町娘の格好をさせてまで会おうとする男を、信用すると申されるか」

八十の方は目を見張った。

「何、町娘の格好とな？」

「はい。浅草のだんご屋で会《お》うておりました。たとえ夫婦でも、未だ共に暮らすことを許されぬ二人が会うことは、頼宣様に対する反逆に等しいかと」

「されど、夫婦は夫婦です。黙って会うたとしても、誰にも咎められませぬ」

「では、大叔母様はすでに、加藤家などどうでもよいとお思いか」

「こうなっては仕方のないこと。姫は信平殿の妻となったのですから」

「まだ道はございます」

「道があるとは……」

「それがしに良い考えがござります」

「何を、するつもりじゃ」

「姫を嫁にいただく術《すべ》は、ひとつしかござらぬ」

「まさか、そなた」

「ご心配めさるな。暗殺などいたしませぬ」

「何をするつもりかと訊いておる」

「まあ、見ておられよ。この清七郎、必ずや姫を我が妻にいただき申す。では、ごめん」

「清七郎、待ちなさい」

清七郎は、八十の方の声に背を向け、座敷から去った。

あるじ頼宣には会わず、家来が待つ門の外に出ると、駕籠が戻ってきた。

戸に錦の模様が入った駕籠には、見覚えがある。

清七郎は道を空け、身体を駕籠に向けた。

「お待ちを」

声をかけると、中井春房が正面に来て、

「姫の駕籠じゃ、控えよ」

言ったのに対し、清七郎が鋭い目を上げた。

「貴様こそ頭が高いのでは」

「なに」

「加藤清七郎であるぞ」

八十の方の縁者と知り、中井春房が慌てて頭を下げた。

「これは、ご無礼を」

「下がれ」

「はは」

中井が場を空けると、清七郎が片膝をついた。

「姫、お話ししたきことがござる。この清七郎めに、お顔をお見せくだされ」

「……糸」

松姫の声に応じて、糸が駕籠を開けた。

花柄があしらわれた草履の鼻緒に足を通し、松姫が降り立った。

「相変わらず、お美しい」

「話とは、何でしょう」

「徳川御三家の姫君が、町娘の身なりをしてふしだらに市中に出られますのは、感心できませぬな」

「無礼な」

「糸、よいのです」

「ですが姫様……」

糸を制した松姫が、清七郎に言う。

「市中に出かけたのは、気晴らしをしとうなったからです。父上には、お許しをいただいております」

「信平殿と会うこともですか」

「…………」

松姫が息を呑むと、清七郎は不敵な笑みを浮かべた。

「千石になるまで共に暮らすことを許されておらぬのでしょう。こそこそとお会いになるのは、いかがなものか」

「千石など、つまらぬ約定です。わたくしは、禄高などどうでもよい」

「されど、未だ輿入れされておられぬのは事実」

「何を申されたいのです」

「分かりませぬか、頼宣様が先方に無理を申されますのは、姫を渡すつもりがないからにございます。こそこそお会いになるのは、信平殿のためにもなりませぬぞ」

「信平様の？　それはどういう意味ですか」

姫の問いには答えずに、

「では、ごめん」

清七郎は立ち上がって礼をすると背を返し、待たせていた駕籠に乗り込んだ。

人相の悪い家来が、松姫に頭を下げることなく、駕籠に付き添って歩みだす。

「おのれ、無礼な」

眼光鋭く見送った中井は、気になさるなと松姫に声をかけ、奥に戻らせた。

吹上の通りを帰っていく駕籠に目を戻した中井が、

「あ奴め、次は何をねだりに来よったのだ」

疑いの眼差し鋭く言い、松姫の駕籠を追って門へ入った。

二

とある晴れた日、陽気に誘われた信平は、善衛門と共に麴町を散策していた。

半蔵門から四谷御門までのあいだは、徳川家康公が入府してすぐに開かれた町とあって、老舗《しにせ》が軒を並べ風情《ふぜい》ある町並みをしている。

御先手組を相手に商売をする店も多く見られ、刀剣、弓、鎧《よろい》などの武具を扱う店があり、半蔵門を潜ると徳川御三家があるせいか、尾張や水戸の御用弓師、紀州御用鉄砲鍛冶の看板をいただく店もある。

「殿、この店は、鶴を食わせてくれるようですな」

善衛門が、鶴の子焼きと書かれた看板を示した。

店の格子窓からは賑やかな声が聞こえ、出汁《だし》のいい香りが漂ってくる。

実は信平、鶴を食べたことがない。

「鶴とは、美味なのだろうか」

訊くと、善衛門も首をかしげた。どうやら善衛門も、食べたことがないらしい。

朝餉をたっぷり食べていたので入る気にもなれず、信平は店の前を通りすぎた。

他にもいろいろな店を見ながら町を一回りし、昼すぎになって、四谷の屋敷に戻った。

門の前をほうきで掃除していた八平が、二人の姿を見て頭を下げると、潜《くぐ》り戸から中に消え、門を開けてくれた。

信平は、自分が雇う者ではない八平にすまぬと声をかけた。

恐縮する八平に善衛門が笑みを向け、屋敷の玄関に向かった。

背後で訪《おとな》う声がしたのは、その時だ。

八平が後を追って来て、声をかけた。

「お殿様にお目にかかりたいそうにございますが、いかがいたしましょうか」

「誰じゃ」

「名は名乗らず、紀州様に縁がある者とだけ、申されております」

「なに、紀州様じゃと」

善衛門が、どうするかを問う目を向けてきた。

「会おう。書院の間にお通しいたせ」

信平は言い、部屋に入った。

程なく、善衛門の案内で顔を見せた男は、ずうずうしくも信平の前にあぐらをかいて座り、両の拳を畳につけた。

「拙者、徳川頼宣侯正室の又甥、加藤清七郎と申す」

これには、善衛門が応じた。

「では、加藤清正侯の」

「曾孫《ひまご》にござる」

「なんと、御家が続いておられたか」

「大叔母のご縁をいただき、紀州様の世話になっております」

「なるほど」

善衛門が納得したところで、お初が茶を持って来た。

清七郎は、茶台が手元に置かれるのには目もくれず、じっと信平を見ている。

戦国武将の荒々しさをかもし出す清七郎に加藤清正を重ねたか、善衛門は、若武者のただならぬ気配に表情を引き締めた。

「して、殿に御用の向きは」

清七郎は善衛門の問いには応じず、信平から目を離さぬ。

威圧するような顔をし、殺気とも取れる気を放ちながら、品定めをするがごとく信平を見ている。

そして、ふっと笑みを浮かべ、

「信平殿に、決闘を申し込む」

懐から、決闘状を出した。

いきなりのことで、信平は言葉に詰まった。

善衛門が目を見張り、

「加藤殿、無礼であろう」

信平の横に来るや、声音を強くした。

「返答はいかに」

「加藤殿！」

怒鳴る善衛門に、加藤が鋭い目を向ける。

「武士の申し込みじゃ。口出しは控えられよ」

善衛門が口をむにむにとやり、理不尽だと非難した。

黙っていた信平が問う。

「返答をする前に、わけを聞かせていただこう」

「松姫のためじゃ」

「意味が分からぬことを言われる」

「松姫とそれがしは、夫婦になることを約束されていたのだ」

「…………」

信平は、清七郎の目を見据えた。

清七郎も見返し、眼光を鋭くした。

「それを、貴様のせいで反故にされたのだ」

「麿が、姫と祝言を挙げたからか」

「そうだ。おぬしが、それがしと姫を引き裂いたのだ」

「それは、まことか」

信平が訊きなおすと、

「偽りは申さぬ」

清七郎は、顔色ひとつ変えずに応じた。

善衛門が憤慨した。

「そのような馬鹿なことがあろうか。加藤殿、紀州様に問うてみれば、嘘だとすぐに分かるのだぞ」

清七郎は信平を睨んだまま、薄笑いを浮かべた。

「訊いたとて、まことのことを申すわけはなかろう。知らぬ存ぜぬで通すに決まっておる」

信平は疑問をぶつけた。

「松姫も、そなたとの縁談を知っているのか」

「むろんだ。我らは大叔母を通して、幼き頃から顔を合わせておる。知らぬはずがなかろう。信平殿との婚儀は、上様の命で仕方なくなされたのだ。そのことは、存じておられよう」

「……それは、そうじゃ」

信平は、揺れ動くこころを隠せず、目を左右に動かし、伏せた。

その様子を見た清七郎が、唇を舐める。

「松姫が幸せに暮らしておれば、それがしもあきらめがつく。だが、未だ迎えもせず、それどころか、姫に町娘の真似をさせ、頼宣侯との約定を破ってこそこそと会うておるそこもとを許すわけにはまいらぬ」

「それゆえの、決闘か」

「ただの決闘ではない」

「うむ？」

「真剣で勝負してもらう。勝敗は、どちらかが倒れるまで。それがしが勝てば、姫を嫁にする。そちらが勝てば、それがしの所領千石をくれてやる。それで姫を引き取れ」

「ふむ、悪くない話だが……」

「受けるのだな」

「お断り申す」

「なんだと！」

「磨の剣は、人のために遣うと決めておる。そなたを斬って所領をいただくなど、外《げ》道《どう》がすることじゃ」

「おのれ、それがしから姫を奪ったうえに、愚弄《ぐろう》するか」

「奪った覚えもなければ、愚弄もしておらぬ」

「黙れ！」

清七郎は立ち上がった。

「問答無用じゃ。明日午《うま》の刻（昼十二時頃）、高田馬場《たかだのばば》に来い。助っ人は何人でもよいが、貴様が来ない時は、負けとみなして姫と離縁してもらう、よいな」

言い捨てて、こちらの言葉も聞かず帰っていった。

廊下に控えていたお初が、目顔で尾行を訴えてきた。

信平がうなずくと、お初は小さく頭を下げて追った。

善衛門がため息をつく。

「なんとも、凄まじいまでの強引さでありますな。殿、いかがいたす」

「あの者が申したこと、まことであろうか」

「姫様のことにござるか」

「うむ」

「気になさるな。誰が何を申そうと、松姫様が殿の奥方であることに変わりないのですから。放っておけばよいのです」

「放っておいて、よいか」

「よいよい。知らぬ顔をしておられい」

善衛門は不機嫌かつ呆れたように言い、清七郎が手をつけなかった茶を飲もうと、湯飲みを取った。

器を下げに現れたおつうが、

「あれ大殿様、それ……」

言った時には善衛門が茶を飲み、あまりの苦さに目を丸くして、歯を食いしばって奇妙な声をあげた。

招かれざる客人と見抜いたお初が、おつうにとびっきり苦い茶を用意するよう頼んでいたらしい。

「馬鹿者、早う言わぬか」

善衛門は怒り、苦そうな顔をした。

数刻ののち、夕日が富士《ふじ》の向こうに沈んだ頃になって、お初が戻ってきた。

八平の長屋で待ち構えていた善衛門は、潜り門を開け閉めする音を聞きつけるなり、外に飛び出した。

お初を長屋に引っ張り込み、

「どうであった」

切迫した様子で訊くと、

「加藤清七郎なる者に、間違いございません」

「まことに、あの清正侯の曾孫と申すか」

お初は、神妙な面持ちでうなずいた。

善衛門は困った顔で、腕組みをした。

「このようなこと、上様のお耳に入れられぬ。そなた、豊後守様にはどうするつもりじゃ」

「言えませぬ」

「良い判断じゃ……」

言っておいて、善衛門ははっとした。

「松姫様は、どのようなご様子だったのだ」

「は？」

「先日、殿とお会いされた時のことじゃ。変わった様子はなかったか。たとえば、殿と話をしても上の空であるとか、周りの目を気にしておるとか」

「いえ、そのようなことはありませぬ」

「仲睦《むつ》まじかったのだな」

「睦まじいというよりは、初々《ういうい》しいご様子。お悩みのようには見えませんでした」

「うむ。うむうむ、そうでなくてはならぬ。今からな、紀州様にまことを問う文を書く。すまぬが届けてくれぬか」

「信平様に、内密にですか」

「殿には放っておけと申しておるでな、我らだけで手を打つのじゃ。よいな」

「はい」

「よし、八平、紙と筆を出せ」

「へいへい」

八平が出してきたのは粗末な紙と筆。

「このような物は送れぬ」

善衛門はお初を長屋に待たせ、自分の部屋に戻った。

信平に見つからぬよう部屋に忍び込み、急いで手紙をしたためると、お初に走らせた。

三

「父上、明日にでも、松を信平様のところへ行かせてくださいませ」

奥屋敷《おくやしき》を訪れた頼宣の前で、松姫は平身低頭して頼んだ。

「話があると申すから来てみれば、そのことか」

信平の姉、本理院が暮らす屋敷でのことを喜び、久々に娘に口を利《き》いてもらえると思っただけに、頼宣の落胆は大きかった。

「何度も同じことを言わせるでない」

表屋敷に戻ろうとすると、

「やはりわたくしを、信平様のもとへ行かせるおつもりはないのですね」

松姫が、今にも喉を突いてしまいそうな、沈みに沈んだ声で訴えた。

いまいましげな顔をした頼宣が、天井を仰ぎ見た。そして、向き直ると、姫の前にしゃがんだ。

「清七郎が来たことは春房から聞いておる。何を言われたか知らぬが、あのような者のことを信じるでない。あ奴は、己の出世のことしか考えぬ、野心の塊《かたまり》じゃ。何をたくらんでおるか分からぬぞ」

「では、いつか必ず、信平様のもとへ行かせていただけるのですね」

「何度も言わせるなと申しておる。千石じゃ、信平殿が千石取りに出世すれば、必ず行かせてやる」

今日の松姫は違っていた。行こうとする頼宣の背中に、何ゆえ千石にこだわるのかと食い下がった。

頼宣は厳しい顔でふたたび向き直り、ふっと、笑みを浮かべた。

「わしの可愛い姫を嫁にやるのだ。千石もいただかぬような男では困る」

「では、父上の所領をお分けくださいませ」

「馬鹿を申せ、信平殿は上様の旗本じゃ。出すぎたことはできぬ」

「…………」

「そのように寂しげな顔をするな、松、信平殿であれば、千石など、すぐじゃ」

「父上……」

「信じて待っておれ、心穏やかにの」

なだめるように姫の肩をたたき、頼宣は表屋敷に戻った。

途中の渡り廊下を歩んでいると、

「頼宣様」

植木の陰に潜み、声をかける者がいた。

名を名乗る女の声に、頼宣が歩みを止めた。

「殿、いかがなされました」

「む？」

供侍が女の声にまったく気付いておらぬことに驚きながらも、

「先に戻っておれ」

人払いをした。

人気が去ると、廊下の端に行き、声のぬしに問う。

「火急《かきゅう》の用と申したか」

「はい」

庭を見渡すと、すぐそばの松の木から染み出るように、お初が姿を現した。

黒装束に身を包み、覆面からは、凛《りん》とした目だけが見える。

「忍びか。わしの耳だけに話しかけるとは、不思議な術を遣うものじゃ。豊後守殿が忍びを遣わして、わしになんの用じゃ」

「わたくしは、豊後守様の命により、松平信平様のおそばに仕えております」

「なに、信平殿に？」

「はい」

「監視、か」

「……………」

「まあよい。して、用とは信平殿のことか」

「これに、お目をお通しください」

頼宣は、お初から受け取った書状をその場で開き、廊下に灯してある行灯《あんどん》の明かりの下で目を通した。

読み終えるなり目を見開き、明かりで照らされた顔が、恐ろしげな表情を浮かせていた。

「これは、まことか」

「はい」

「なんたる、馬鹿げたことを。して、信平殿は、決闘を受けたのか」

「いえ」

「それは、ようござった」

「葉山殿もわたくしも、このことはお城に伝えませぬゆえ、ご安心を」

「それは助かる」

「ただし、加藤殿のことは、そちら様で対処を願います」

「あい分かった」

「ひとつ、お聞かせください」

「何か」

「加藤殿と松姫様が婚礼の約束をされていたというのは、まことにございますか」

「そのようなこと、加藤のざれごとじゃ。この頼宣、天に誓って、松を他の者に嫁がせることなど考えたこともない」

「お言葉を聞き、安心いたしました」

「信平殿にも、さように伝えよ」

「かしこまりました」

去ろうとするお初に、頼宣が声をかけた。

「そなた、初と申したな」

「……はい」

「豊後守殿はまこと、よき忍びを信平殿に遣わしたものじゃ。加藤は必ず黙らせるゆえ、そなたも安心するがよいぞ」

「…………」

笑いながら立ち去る頼宣の言葉が気になったお初は、探りを入れるべく屋根に飛び上がった。

表屋敷に戻った頼宣は、すぐさま側近の戸田外記《とだげき》を呼び、現れた戸田に厳しく命じた。

「清七郎を捕らえてまいれ。抵抗するならかまわぬ、斬れ」

「はは」

戸田は咎めの理由を聞くことなく頭を下げ、音もなく立ち去った。

「それはまことか」

戻ったお初から話を聞いた信平は、思わず立ち上がっていた。

「頼宣侯は確かに、加藤殿を斬れと申されたのだな」

「はい」

信平の怒りを覚った善衛門が、すかさず頭を下げた。

「殿、思わぬ事態になり、申しわけございませぬ」

「麿を思うてのこと、あやまらずともよい」

「はは」

「お初、すまぬが加藤殿の屋敷に案内してくれ」

「はい」

「殿、何をなさるおつもりか」

「加藤殿を助ける」

「た、助けるですと。なりませぬ、こうなっては、紀州様におまかせなされ」

「大人しく捕らわれるような男ではない。双方に犠牲を出すことは、なんとしても阻止せねば。お初、まいるぞ」

信平は、夜更けの江戸の町に飛び出した。

お初の案内でたどり着いたのは、上野山の北、金杉《かなすぎ》村のたんぼが広がる一画。

紀州藩の拝領地と言っても、藩の御用医師や高級女中に与えられた土地であり、その者たちが長屋と町屋を建てて江戸の民に貸し、家賃収入を得ている場所である。

およそ一万坪にもなる広大な土地の中から五百坪を与えられた加藤清七郎は、千石に見合うだけの家屋敷を建て、江戸で雇った家来たちと暮らしている。

「もうすぐにございます」

夜目が利くお初の先導で町屋の角を曲がると、黒々とした影を横たえる塀の周囲を、龕灯《がんどう》の明かりが走り回っていた。

「いたか！」

「もぬけの殻《から》です」

怒号にも似た声を出し、侍たちが探索をしている。

信平とお初は、物陰から様子をうかがった。

「どうやら、逃げたようですね」

前にしゃがむお初が言った。走って来たにもかかわらず、まったく息が乱れていない。

中から出てきた侍が、門前に陣取っていた侍に何やら報告すると、受けた侍は悔しげに手で袴をたたき、見張りの者を残して引き上げた。

「加藤清七郎殿は、なかなかに、動きが早いな」

信平が言うと、お初も賛同した。

「油断できぬ相手かと。いかがいたしますか」

「ふむ。まあ、この様子では、捕まりはすまい。今日のところは戻るとしよう。いずれ、顔を合わせることになろうから」

お初は、来た道に歩み出た信平の横に並んだ。

「まさか、決闘を受けるのですか」

「雲隠れしたのだ。あの男に会うには、決闘の場に行くしかあるまい」

「申しわけございませぬ。わたしたちがいらぬことをしなければ、このようなことにはならなかったはず」

「そのように思わぬことだ。何ごとも、なるようにしかならぬ」

「信平様……」

「さ、戻ろう」

「はい」

ゆるゆると歩む信平は、空を見上げて、星が美しいぞ、と言った。

お初は、優しい信平に微笑み、星空を見上げた。

## 四

高田馬場から西に向かった所に、諏訪《すわ》村の広大な畑地が広がっている。

夜更けともなると霜が降るこの時季、畑にある青物といえば、かぶらであろうか。

その、百姓が大切に育てたかぶらを踏みつけ、畑を歩む者たちがいる。

月の青い明かりの中で、荒々しく白い息を吐き、時おり、後ろを振り向いている者たち。

畑から小道に駆け上がると、神社の杜《もり》の横を通りぬけ、名もなき小川に架けられた丸太橋を渡ると、大きな一本杉の下にある百姓の家に入った。

藁葺《わらぶ》きの家は、豪農のものなのだろう。

横に長く、奥に深い、立派な屋根作りである。

戻った者たちが土間の奥に進むと、蠟燭の明かりの下にいた者たちが、脇に置いていた太刀をにぎり、板の間の囲炉裏端に集まった。

囲炉裏に背を向け、肘枕をして横たわっているのは、加藤清七郎だ。

なめした鹿皮の袖なしを羽織り、腰には、虎の毛皮を巻いている。

手下の者が戻ったところで、清七郎の一の家来、江藤長実《えとうながざね》が声をかけた。

「殿、物見が戻りました」

糸ほどしか開いておらぬ目をしているが、蠟燭の明かりに照らされた厳しげな眼は、清七郎を見つめている。

背が低い男だ。

歳は、四十をすぎた頃といったところか。

清七郎がこの世に産声《うぶごえ》をあげた時から仕え、我が子のように厳しく育ててきた。

そんな江藤の前のあるじは、加藤光広。清七郎の顔を見ることなくこの世を去った父に代わり、加藤家の再興を願う者でもある。

江藤の呼びかけに応じた清七郎は、黙って起き上がり、囲炉裏の前に揃う家来たちに目を向けた。

江藤が言う。

「紀州藩から、追っ手がかかりました」

清七郎は動じぬ。

「やはり、かかったか。だが、信平を倒せば、大叔母様が頼宣侯に取り計らってくださる。決闘の時まではなんとしても、逃げ延びるぞ」

「ご安心を、ここが見つかることはございますまい」

「明日は手筈通り、ここにおる者で、信平を斬る。助っ人には目もくれるな。よいな」

「はは」

総勢十名。

これが、清七郎の家来だ。

六人が元浪人。

三人が流れ中間。

そして、江藤である。

剣を遣えぬ中間は別として、江藤が雇った六人の侍は、いずれも腕に自信ありの遣い手。

これに、新陰流《しんかげりゅう》を遣う清七郎と江藤が加われば、

「公家の剣など、赤子を相手にするようなものでございましょう」

江藤が言い放ち、豪快に笑った。

対する信平は、助っ人の手配に走るでもなく、お初と屋敷に戻ると、静かな夜を過ごしていた。

夜明けと共に目をさまし、冷たい水を浴びて身体を清めると、鷹司牡丹の刺繍がさ

れた新しい狩衣を着た。姉、本理院の屋敷に赴《おもむ》く時に着けた、白い狩衣だ。烏帽子《えぼし》を被り、宝刀狐丸を腰に下げると、一人で屋敷から出かけた。

お初と善衛門は、一足先に馬場に向かい、相手の出方を調べている。

牛込馬場下横町を越え、寺地を抜けた馬場の近くに、稲荷《いなり》を祀《まつ》った小さな祠がある。

その先に、老婆が営む菜めし屋があるのだが、そこが、善衛門たちとの待ち合わせ場所だ。

高田馬場は、旗本が弓馬の鍛錬をするために作られたが、泰平の世の寒い時季にわざわざ来て馬に乗る者はおらず、弓を射る者の姿もない。

よって、菜めし屋に立ち寄る客も、良い季節にくらべると、ないに等しい。

信平が暖簾《のれん》を潜ると、その出でたちを見た老婆が持っていたお盆を放り出し、手を合わせて拝みはじめた。

八幡様の化身だと言われたのには、信平も驚くばかり。

「お婆殿《ばば》……」

「へへぇ」

「麿は人じゃ。四谷に住まう、松平信平と申す」

染みが浮いた顔を上げると、小さな目を大きく開けて、信平を上から下まで眺めた。

「へ？」

眺め終わると、歯の抜けた口をにんまりとさせた。

「おやまあ、お客様で。へぇ、神様のようなお方が来るなんて、店は開けとくもんだねぇ。何にします？」

「すまぬが、人を待たせていただきたい」

「かぶらの菜めしが、甘くておいしいよう」

どうでも食べて行けと言わんばかりに、じっと見つめてくる。

「……では、ひとつ頼もう」

「あい、少々お待ちを」

まずは茶を出され、大豆を煎じた物だというので飲んでみた。

香ばしくて、大豆の香りがほのかにする。

「美味《うま》いかい」

「ふむ、なかなかのものじゃ」

満足した老婆が奥に下がろうとした時、善衛門とお初が暖簾を潜ってきた。

「殿、お待たせいたしました」

信平の前に来ると、

「あれ、葉山の殿様でねぇか」

老婆が驚いた様子で戻り、腰をかがめて顔を覗き込んだ。

「久方ぶりじゃな」

善衛門が若い頃は、高田馬場で弓馬の鍛錬に励み、帰りには必ず、この菜めし屋に立ち寄っていたのだという。

「近頃ちっとも見ねえもんだから、冥土《めいど》に旅立たれたもんだとばかり思ってましたよう」

「縁起でもないことを申すな。わしはぴんぴんしておるわい」

お初が咳ばらいをするので善衛門はそちらを見、信平に向けかけた目を、また戻した。

「今笑《わろ》うておったな、お初」

「笑うてなどおりませぬ」

お初は真顔で答えた。

「まあよい。それより殿、相手はすでに来ておりまするぞ。助っ人は十名。我らだけで十分と心得ますが、いかがいたしますか」

神妙な面持ちの二人に、

「仕方あるまい。行こうか」

信平が狐丸を持って立とうとした時、表を走り抜ける一団がいた。

格子窓から外を見たお初が、

「紀州藩の者です……」

後を追って外に出、戸口から言う。

「馬場に向かうようです」

「加藤殿を捕らえにまいったか」

信平も外に出ると、馬場に走った。

善衛門が言う。

「殿、いかがなさる」

「紀州藩の者を止める」

「承知！」

続く善衛門とお初を従え、信平は走った。

土を掘り下げ、平らにならされた馬場には、射た矢が隣に飛んで行かぬようにするために、松の木が植えられている。

加藤清七郎は、馬場の枯れた草原の中で床几に腰を下ろし、風に揺らぐ松の枝を眺めていた。

「もうすぐ、刻限にございます」

鉢巻を巻いた江藤が言い、気を引き締めた顔を馬場の入り口に向け、羽織を脱いだ。

それに合わせ、他の者たちも羽織を脱ぎ捨てる。

肩には白襷《しろだすき》をかけている。

落ち着いた様子で座っている清七郎は、黒い着物と袴を身に着けたのみであるが、引き結んだ口といい、鷹のように鋭い目つきといい、今まさに戦場へおもむかんとする、戦国の荒武者を思わせる。

先ほどまで松の枝に向けられていた目が、ぎろりと下に向けられた。

「来たか」

清七郎の声に応じ、家来が松に目を向けた。

「出てこい！　信平！」

家来の一人が叫ぶと、松林から侍たちが姿を現した。

ざっと、三十名はいる。

鉢巻に羽織、腹には胴具を着けた物々しい備えの者たちが、清七郎たちを取り囲むように、じりじりと迫って来る。

その中で、一人の侍が先に立ち、

「紀州藩士、戸田外記と申す！　加藤清七郎とその一味、主君の命により召し取る。神妙にいたせ」

「ち、邪魔をしおって」

清七郎が舌打ちをして立ち上がり、太刀を抜いた。

「従わぬなら……」

戸田が眼光鋭く睨み、右手を上げて振り下ろした。

一拍の間を空け、羽が空を切る音がした刹那、清七郎の太腿《ふともも》に矢が突き立った。

「ぐあっ」

松林から放たれた矢に太腿を貫かれ、倒れ伏して激痛に喘《あえ》いだ。

「おのれ、卑怯《ひきょう》な！」

江藤が抜刀し、次の矢を斬り落とすと、

「殿をお守りせい！」

清七郎に背を向けて立ち、盾となる。

戸田がふたたび手を上げると、紀州藩士たちが一斉に抜刀した。

「かかれい！」

号令と共に、襲いかからんと駆けだした。

清七郎を守らんと、江藤たちが刀を構えている。

双方が激突せんとした時、一陣の風が吹き抜けるがごとく、白い物が横切り、双方のあいだに立ちはだかった。

白い狩衣を白鷺《しらさぎ》のように広げて行く手を阻《はば》む信平を見て、先頭に立っていた戸田が顔を引きつらせ、

「ま、待て、待て待て！」

大声をあげていきなり止まるものだから、後ろの者がぶつかり、つんのめった。

信平の足下に突っ伏すかたちとなった戸田が、

「信平様……」

丸くした目で見上げた。

これを隙と見た清七郎の家来たちが襲いかかろうとしたが、お初が投げた火薬球が弾け、閃光《せんこう》と爆発によって押し戻され、尻餅をついている。

「ここは、引かれよ」

信平が、戸田に言った。

「しかし……」

「引かれよ！」

珍しく声音を強めた信平の態度に、戸田はどうすることもできなくなり、皆を下げた。

家来たちに刀を納めるよう命じると、戸田も刀を納め、信平を見ている。

戸田に背を向けた信平は、足を射貫《いぬ》かれ、身動きが取れぬ清七郎のもとへ歩み寄った。

家来たちが刀を向け、清七郎を守ろうとする。

「やめい」

「しかし殿」

「よいから下がれ」

清七郎に命じられ、江藤が道を空けた。

清七郎は、鋭い目を上げると、

「斬れ」

潔く刀を投げ捨て、目を閉じる。

「斬らぬ」

「何ゆえじゃ。何ゆえ助けた」

「己を奪い合い、争いが起きたと知れば、姫がこころを痛める」

信平の松姫を想う気持ちが通じたか、清七郎が顔をそらした。

「ふん」

鼻で笑った。

笑うなり、脇差しを抜き、腹を斬らんと目を見開く。

切っ先を突き入れようとした時、信平に手首をつかまれた。

「放せ！」

清七郎が抗《あらが》うが、切っ先をびくとも動かせなかった。

「加藤家を大きくするというおぬしの願いは、このようなことで命を捨てるほどに、小さき願いなのか」

「何！」

「そうでないのなら、その命、おぬしを慕う者のために燃やしたらどうじゃ」

「殿」

「殿ぉ！」

手をつき、死ぬなと泣き付く江藤たちを見て、清七郎の腕から力が抜けた。

「お前たち……馬鹿な奴らじゃ！」

吐き捨てるように叫んだ清七郎であるが、歯を食いしばり、下を向いてきつく閉じた目からは、一粒の涙がこぼれ落ちた。


「ほう、信平が、さように申したのか」

「はい」

戸田の報告を受けた頼宣が、

「清七郎を助けたわけが、姫を悲しませぬためとは呆れた奴じゃ」

厳しい口調とは裏腹に、嬉しげな笑みを浮かべている。

戸田に見られていることに気付いた頼宣は、すぐさま真顔になり、空咳《からせき》をした。

「清七郎の申し入れだが」

「はい」

「受けてやらねばなるまいな」

「こうなっては、いたしかたございませぬ」

頼宣の手には、咎めなしと裁定された清七郎が送って来た、脱藩を願う書状がにぎられていた。

この後、脱藩を許された清七郎は、家来と共に江戸から姿を消したが、風の噂《うわさ》では、九州は肥後熊本に行き、清正侯が作り上げた国の民のために尽くしたという。

後世に名が残っているかどうかは、定かではない。

# 第四話　四谷の弁慶

## 一

この日、大隈房之丞《おおくまふさのじょう》は、梅見の会によばれて、ほろ酔い気分で夜道を帰っていた。

「則重《のりしげ》」

「はっ」

「今日は、良き花見であったぞ」

「どちらの花で？」

「馬鹿……」

冗談を言う則重は、房之丞と同じ二十二歳の若党だ。

三千石大身旗本大隈家用人、細貝文重《ほそがいふみしげ》の息子であり、幼き頃から房之丞の供侍として仕えているだけに、梅見の会に招いてくれた山中《やまなか》家の姫が気に入ったのではないかと、冗談を言える間柄なのだ。

二人は、こんもりと木が茂る丘陵を右手に見つつ坂道を上り、ひっそりと静まる町屋を通り抜けようとしていた。

坂をのぼり切れば、大隈家の屋敷は目の前。

横山《よこやま》家の塀に突き当たる道を右に曲がり、房之丞はふと、立ち止まった。

ちょうちんで足下を照らしながら前を歩んでいた細貝が、振り向いた。

「若様、いかがなされました」

細貝は丸に三つ星立石の家紋が入ったちょうちんをかかげ、いぶかしげな顔をしていたが、突如として目を見開き、後ろにたじろいだ。

「わ、若、後ろ、後ろ」

震える声で訴えるので、房之丞は刀の鍔《つば》に指をかけた。

「則重、刀を離すでないぞ」

命じられた細貝は、紫の太刀袋を抱えてうなずく。

房之丞が、油断なく振り向く。そして、目の前に立つ人影に、思わず息を呑んだ。

山のように大きい人影が立っている。

辻灯籠の明かりを背にしているため、顔は見えない。

裃を着けているのか、両の肩が、四角く尖《とが》って見える。

「何者じゃ」

房之丞は答えを待ったが、

「わしと、勝負いたせ」

返った言葉は、それだけであった。

自信に満ちた、腹の底から出ている声に応じて、房之丞は鯉口《こいぐち》を切った。

「断っても、聞かぬのであろう」

ゆるりと刀を抜き、右足を半歩前に出して正眼に構えた。

「流派は」

黒い影が訊くのに、

「そちらから申せ」

房之丞は言い返した。

「平常無敵流《へいじょうむてきりゅう》」

いかにも自信に満ちた剣術名に、房之丞は人を見下した笑みを浮かべ、

「こちらは、一刀流じゃ」

すっと腰を低くし、切っ先を相手の喉に向ける。

黒い影は流派にこだわっているようだが、同じ一刀流でも、個人によって技が違う。

ことに、名人と言われる剣客は、流派の枠を越えた、己自身の必殺技を身につけているもの。

実戦においては、流派の形《かた》よりも、己が持つ必殺技のほうが役に立つ。

まだ二十二歳の房之丞であるが、清流《せいりゅう》の剣、と名付けた必殺技を身につけているだけに、大男を前にして、一歩も引かなかった。

脇構えに転じ、す、す、と前に出るやいなや、額を狙うと見せかけて、横に一閃した。

「てぇい!」

気合をかけ、胴を払った。

手応えを得たつもりでいたが、

「むむ」

大男は寸前のところで切っ先をかわしていた。

飛びすさった房之丞が、太刀袋を抱える則重を守るため足を横に滑らせ、立ち位置を変えた。

大男は仁王立ちしているが、

——こ奴、できる。

一歩も動けなくなった房之丞が、額に汗を浮かべた。

「命が惜しくば、刀を置いてゆけ」

房之丞のこころうちを見抜いたかのごとく、大男が言った。

「やはり、刀が狙いか」

「………」

「ほしければ、おれを斬って取れ」

房之丞が、正眼に構えを変えた。

「では、まいる」

大男は、腰の太刀を引き抜いた。

辻灯籠の明かりに照る刃は、大薙刀《なぎなた》にも見えるほどの大太刀。

男はそれを肩に置いて構えをとらず、まったくの無防備に立っている。

馬鹿にされたと思ったが、房之丞は誘いに乗らなかった。

大男との間合いは、すでに死の間合い。相手が先に動けば、勝つ自信がある。

肩の力を抜き、ゆるりと刀を構える房之丞が、ふと笑みを浮かべて、挑発した。

途端に、相手から凄まじい剣気が立つのをさとった。

「むん！」

大男が大太刀を振りかざすや、ゆっくりと下ろし、正眼に構えた。

房之丞には、そうとしか見えなかった。

間合いを詰め、切っ先を交差させて、ぴたりと止まった。その刹那、大男が飛び込んできた。

房之丞は、無意識のうちに刀をすっと前に出し、相手の大太刀の峰を擦《す》り押さえて出鼻をくじいた。

相手の気をさとり、刀を押さえて出鼻をくじく。そしてすかさず、峰を押さえたまま刀を滑らせ、相手の胸、あるいは喉を突く。これが、清流の剣である。

この時も、そうなるはずであった。

峰を押さえ、切っ先を大男に向けて素早く滑らせ、胸を突こうとした。この間《かん》は、人が瞬きをするほどの、ごく一瞬の間《ま》である。

この一瞬の間に、押さえ込んでいる刀をどうにか跳ね上げようとするのが、剣客のこころ。だが、大男は押さえ込む房之丞の刀を跳ね上げようとせず、房之丞の手のうちを瞬時に見切り、身を横に転じて切っ先をかわした。

かわすや、籠手《こて》を返して大太刀を小さく振り、すれ違う房之丞の太腿を斬った。

「むぅ……」

右足に焼けるような痛みがはしり、房之丞はたまらず膝をついた。

背後から斬らせぬために切っ先を向けたが、その刹那、首に手刀を当てられてしまい、房之丞はあえなく気絶した。

足下に横たわる房之丞を見下ろしていた大男が、太刀袋を抱える則重に目を上げた。

頭から布を被っているため、顔は見えぬ。

一刀流を極めているはずの房之丞があっさり負けたことと、凄まじい剣気に圧《お》され、則重は震え上がった。

「た、助けて」

「刀を渡せ。さすれば、見逃してやろう」

「し、しかし、こ、これは……」

「早くせねば、この者が死ぬ」

大男は、大太刀の切っ先を房之丞の首に向けた。

こうなっては、どうにもならぬ。

「分かりましたから、お助けを」

則重は悲鳴のような声をあげて、太刀を差し出した。

## 二

第四代将軍家綱の呼び出しを受けた葉山善衛門は、番町の屋敷に戻って裃に身なりを整え、本丸御殿に赴いた。

この日はなぜか中奥まで通され、将軍休息の間にて拝謁となった。前の将軍家光のおそばに仕えていた善衛門は、久方ぶりに入った座敷を懐かしく見回しながら、家綱のお出ましを待っていた。

やがて、上段の間の襖が開けられ、刀を持った小姓《こしょう》が入り、続いて家綱が入ってきた。

平伏する善衛門の横に、一人、二人と座る者がいる。

「面を上げよ」

声が青年のものに変わりつつある家綱に、

「はは」

と応じて、ゆるりと頭を上げた。

穏やかな少年の表情の中に、たくましさをうかがい見ることができる家綱の顔から眼差しを下げ、あいさつを口上する。

「本日は、上様のご尊顔を拝し奉《たてまつ》り、祝着至極にござります」

「うん。そちも、息災そうであるな」

「おかげさまをもちまして」

「信平は、どうしておる」

「は、息災に暮らしておられます。先日の、本理院様とのこと、くれぐれもお礼を申し上げるようにと、仰せつかってございます」

「余も、あの場に行きたかった。信平と会いたいものじゃ」

「はは」

「時に、善衛門」

「はっ」

「今日そちを呼んだのは他でもない、例の、四谷で起きている事件のことじゃ」

「は……」

善衛門は、左右に目を配った。

右に座るは、老中、松平伊豆守信綱。

才知に優れ、知恵伊豆の異名をとるが、眼光鋭く、引き結んだ唇が示すとおり、少々人間が堅い。

左に座るは、阿部豊後守忠秋。

信綱とは反対に豪快な気性の持ち主であり、思いやりのある仁の人として知られている。

この両名に挟まれている善衛門は、返答に困った。

実は善衛門、なんのことだかさっぱり分からないのだ。

「事件と、申しますと」

善衛門は、正直に訊いた。

すると、家綱が阿部豊後守に目を向け、うなずく。

それを受けた阿部が、善衛門に言う。

「近頃、四谷の旗本ばかりを狙う辻斬りが頻発《ひんぱつ》しておる」

善衛門は驚いた。

「辻斬り、ですか」

「ただの辻斬りではない。騙《だま》し討ちではなく、正面から堂々と挑んでくる。そして勝負に負けた者から、命ではなく刀を奪っておるらしいのだ」

「刀を？」

「さよう。賊《ぞく》は大男で、腕も立つ。幕臣のあいだでは、武蔵坊弁慶《むさしぼうべんけい》の刀狩《かたながり》だと騒ぎ、四谷の弁慶などと称して怖れているようだが、まことに、聞いたことはないか」

「………………」

善衛門は目を伏せ、視線を泳がせた。

「何か、知っておるのか」

知恵伊豆こと信綱が問い、厳しい目を向けている。

善衛門は慌てて、首を横に振った。

「いえ、何も」

将軍家綱が、ひとつため息を吐いて、困ったことになっていると言った。

「四谷の辻斬りによって、将軍家から拝領の刀を奪われた者が、腹を斬ろうとしたとの届けがあったのだ」

「なんと」

「余は、切腹を禁じる沙汰を下そうと思うのだが、伊豆が許さぬ」

「おそれながら上様……」

信綱が小さく頭を下げ、続けた。

「将軍家が下賜《かし》された刀には、いずれも葵の御紋が入れられております。いわば、御禁制の品。特別なる許しを得ぬ限り、屋敷にて厳重に保管し、家宝とするが決まりでございます。それを、屋敷より軽々しく持ち出し、あろうことか賊に奪われるなど言語道断。他の者に示しをつけるためにも、山科《やましな》家には当主の切腹のみならず、御家断絶を申しつけねばなりませぬ」

「まあ、待て」

家綱は、厳しい物言いをする信綱を制し、善衛門に顔を向けた。

「善衛門」

「はは」

「そちを呼んだのは、ちと訊きたいことがあってのことじゃ」

「なんなりと」

「左門字《さもんじ》のことじゃ」

「はい」

善衛門は落ち着いた返事をしたが、内心では、ぎくりとしていた。

左門字とは、善衛門の愛刀の名であるが、前の将軍家光より拝領の名刀である。

「そちは、常々腰に差しておろう」

「は、それは、その」

「これへ持て」

「へ？」

頓狂《とんきょう》な声をあげたものだから、信綱が苛立《いらだ》った。

「上様が仰せなのじゃ、早う持って来ぬか」

言われて善衛門、慌てて廊下に出ると、控えている小姓に頼んで左門字を持って来させた。

黒塗りの鞘は艶消しの鮫肌《さめはだ》作りで、鐺《こじり》の金は分厚く、柄頭《つかがしら》には龍が彫ってある。

外見は、戦国武将が好みそうなこしらえ。

将軍の前に押しいただくように差し出した刀を、信綱が引き抜いた。

板目肌《いためはだ》という、木板のような模様の見事な刃文の刀を見て、

「なるほど、まさに名刀じゃ」

言った信綱が、鋭い目を善衛門に向けた。

「はばきの葵の御紋は、まさに将軍家より拝領の証《あかし》。これを持ち歩くとは、何ごと

ぞ」

「おそれながら、左門字を持ち歩くは、家光公のお許しがあってのこと。責めを受けるようなことはしておりませぬ」

善衛門は頭を下げ、何を今さら、と、口をむにむにとやった。

「そのことは、余も知っておることじゃ」

家綱が言うと、信綱は鼻息も荒く唇を引き締め、左門字を鞘に納めて善衛門に返した。

善衛門は、左門字を自分の後ろに回して置き、家綱に頭を下げた。

将軍家より拝領の刀といっても、古《いにしえ》より伝わる天下の宝刀から、新造の名刀まで多々ある。

左門字は後者のほうで、名刀に違いないが、家宝にするほどの物ではないゆえに、家光が腰に差すことを許していたのだ。

だが、家宝にするほどの物でもない品を、葵の御紋が入っているというだけで家宝にし、命をかけるのが、徳川の世に生きる侍である。

優しい家綱にしてみれば、将軍家から下賜された品を失ったというだけで、家来が命を絶つのはこころ苦しく、我慢できぬことなのであろう。

「伊豆、余が願っても、厳しい沙汰を下すと申すか」

「徳川の世、天下のためにございますれば、葵の御紋を軽んじた者を許すわけにはまいりませぬ」

信綱は、厳しい目を善衛門に向けた。

「そちも、左門字を失わぬよう気をつけることじゃ」

「は、肝に銘じまする」

頭を下げる善衛門に、家綱が寂しげな目を向けた。

善衛門には、家綱が言いたいことが分かっていた。

家光から左門字を受け取る時に、将軍家が家臣に下げ与えた品を家宝とするは勝手だが、傷を付けたり、紛失しただけで謀反《むほん》のこころありと疑われるのを怖れ、身の潔白の証として腹を切るは馬鹿げたことだと、武家のあいだに定まりつつある風習を、家光は嘆いていたのだ。

「わざわざのご忠告、おそれ入りまする。この葉山、四谷の弁慶なる者と出くわした時は、家光公よりいただいた左門字にて、成敗してくれましょうぞ」

「おお、それこそ、将軍家の威光が保てるというもの」

阿部がそう言うと、信綱が即座に反論した。

「このことが広まれば、我こそはと宝刀を持ち出し、賊を斬ろうとする者が出てくる。拝領の品はあくまで家宝とするべきかと存ずる」

「本来刀を下賜するのは、それをもって逆賊を成敗せよとの意味もある。家光公が善衛門殿に左門字を使うことをお許しになられたのも、このような時に役立たせるようにとの御意向ではなかろうか」

阿部がこう反論したことで、ちょっとしたいざこざが生じた。

「もうよい二人とも、やめよ」

家綱に止められ、二人は居住まいを正して頭を下げた。

睨み合う二人のあいだに張り詰めた空気を断ち切るように、上段の間から降りた家綱が、善衛門の前に歩み寄った。

何ごとかと見上げる善衛門に、

「刀と申せば、信平の刀じゃ。狐丸は、天下に二つとない宝刀。奪われぬよう、気をつけるよう伝えてくれ」

そう言って、何かを思い付いたような顔をした。

「伊豆」

「はは」

「四谷の弁慶なる者の探索はどうなっておる」

「町奉行をはじめ、御先手組の者どもが躍起《やっき》になっておりまするが、未だ何も手がかりを得ておらぬ様子」

「難儀していると申すのだな」

「はい」

「では、四谷の弁慶を捕らえし者には、余が褒美をつかわす。皆にそう伝えよ」

「褒美は、どのようなものでしょうか」

「まだ決めておらぬ。その時になって決めるゆえ、さよう伝えよ」

「かしこまりました」

「信平にも、さように伝えるがよいぞ」

「は？」

町奉行所と御先手組の話だと思っていた善衛門は、素っ頓狂な返事をしたが、家綱の真意をすぐにくみ取り、

「承知いたしました」

大仰《おおぎょう》に頭を畳に擦《こす》り付け、にんまりと笑みを浮かべた。

江戸城の大手門から退出した善衛門は、含み笑いをしながら歩を早めた。

四谷の弁慶なる、盗賊まがいの辻斬りを信平が倒せば、加増されるかもしれぬという期待に胸を膨らませているのだ。

三

一旦、番町の屋敷に戻った善衛門は、出迎えた甥の正房が引き止めるのを断り、いつもの着物に着替えて四谷に帰った。

門番の八平に潜り門を開けてもらい、家臣の通用口から屋敷に入ると、信平の部屋に向かった。

「殿、ただいま戻りま……」

障子を開けながら言ったが、声を止めた。

いると思った信平の姿が見当たらぬ。

膳の間から男の賑やかな笑い声がしたので、

「誰か来ておるのか」

首をかしげ、そちらに向かった。

「いやぁ、この味でござるよこの味。どれほど楽しみにしてきたことか」

障子の向こうから聞こえる声に、善衛門は眉をひそめつつ、そろりと開けた。

鼻筋がすっと通った信平の横顔。

その前に座る男は、眉が薄く、鼻は低くて丸い。頬が丸く張り出したおかめ顔を見て、善衛門は障子を開けはなった。

「やや、五味《ごみ》殿ではないか」

「ああ、御隠居殿、お邪魔しておりますぞ」

「隠居ではないわい」

「あはは、まあまあ」

にこりと笑った五味正三《しょうぞう》は、味噌汁のお椀《わん》を持って、上機嫌である。

町方同心の五味とは、深川で起きた、るべうす事件で知り合って以来の友である。

お初の作る味噌汁が大好きな男で、深川の屋敷にもよく来ていた。

善衛門は、五味のためにわざわざ味噌汁を作ったのかという顔をお初に向ける。するとお初は、恥ずかしそうに顔をうつむけるではないか。

善衛門は開いた口が塞がらない。

意外や意外。

お初はまさか、この男のことを、と詮索しながら五味を見ると、五味は乙女のように小さな口を尖らせて味噌汁をすすり、

「くぅ、たまらん」

目をきつく閉じて歓喜した。

「おぬし、八丁堀《はっちょうぼり》からお初の味噌汁を飲みに来たのか」

善衛門が呆れたように訊くと、

「もちろん。と言いたいところですがね、御隠居。御役目の途中に、友の顔を拝みたくなって寄ったのですよ。信平殿、黙って越すから、探すのに苦労したんですよ」

友の仲なのに水臭いと、五味が不平をもらした。

「急なことだったゆえ、許せ。深川の皆は、変わらず息災か」

「関谷《せきや》道場の連中なら、相変わらずですよ。そうそう、朝見《あさみ》の女将《おかみ》がえらく寂しがっていましたな。顔を見せてやりませぬと、首をくってしまいそうなほどに」

信平は驚いた。

「まさか」

「はは、冗談、冗談。ですがね、黙って山の手に越されたから、深川の者など相手にしてくださらなくなるのじゃないかと、寂しがっていました」

「そんなつもりではなかったのだが……」

信平の困った顔を見て、五味は鼻の頭をかいた。

「かくゆうこのおれも、深川に縁がなくなってしまいましたけどね」

「うむ？」

「古巣に戻ったのですよ」

「古巣……。それはなんじゃ」

「元々おれは、この四谷が受け持ちだったのですよ。で、そこにいる金造《きんぞう》は、おれを手伝ってくれる御用聞きです」

上り框《かまち》に腰かけていた中年の岡《おか》っ引《ぴ》きが立ち上がり、信平に緊張した笑みを浮かべた。

「金造でござんす。以後、お見知りおきを」

目を離すことなく頭を下げ、人となりを探るような顔つきをしている。

五味が言う。

「町のことで分からないことがあれば、こいつに聞いてください。どこにいつ子供が生まれたかまで知っていますから」

「頼れる町の親分ということか」

信平が言うと、金造は謙遜《けんそん》したものの、自信がありそうな顔をしている。

五味がごちそうさんと言って、お椀を置いた。

美味かったと言って手を合わせてありがたがるので、お初が照れている。

五味も、おかめのような顔をほころばせた。

「四谷を回るのは、今日からなのか」

信平が訊くと、五日前からだと答えた五味が、表情を引き締めた。

「戻った途端に、とんでもねえ化け物を相手にしなきゃいけないのですよ。運が悪いのか良いのか」

「化け物？」

「はい。武家ばかりを狙った辻斬りが出るんです。かなりの遣い手らしく、旗本の連中でも歯が立たないらしいのです」

善衛門が何か言おうとしたが、五味が隙間なくしゃべり続ける。

「夜道で無理やり試合を挑まれ、勝った者は一人もいないそうです。そればかりか、倒された者は必ず刀を奪われるというので、武蔵坊弁慶の真似事《まねごと》をして喜んでやがるに決まってますよ。まあ、死人が出ていないのが、せめてもの救いですがね、旗本の連中は、恥を世間に知られまいと躍起になっていましてね。詳しい話を教えてもらおうと、被害に遭った旗本を訪ねても、門前払いです。探索の手がかりになるものが得られないので、困っているのですよ」

「では、奉行所はどのように動いておるのだ」

善衛門が訊くと、五味は顔を向けた。

「旗本がしゃべろうとしませんから、大男を見つけては呼び止めて、素性《すじよう》を調べています」

「夜ばかり出ると聞いたが、夜回りに気をつけることじゃ」

善衛門が心配して言うと、五味は笑顔でうなずいた。

「まあでも、我々同心の刀は刃引きされた物ですから、弁慶殿の的になることはないでしょうけど」

捕らえた者には褒美が出る話が広まれば、五味とてこうも呑気にしてはおるまいと思った善衛門であるが、黙っていた。

「旦那、そろそろ行きませんと」

金造親分に促され、五味は腰を上げた。

「すっかり日が暮れてしまった。信平殿、たまには深川に渡ってやってください。みんな待っている様子でしたから」

「そういたそう。皆にも、四谷に来てもらうよう文を書こう」

五味は笑みを浮かべてうなずき、夜の見回りに出かけていった。

信平は、善衛門に問う。

「城は、どうであった」

善衛門は膝を転じ、居住まいを正した。

「上様はまた、一回り御成長しておられました」

「さようか」

「本理院様のことのお礼を申し上げましたら、余も行きたかった、殿とも会いたいと、おっしゃいました」

「それはありがたいことじゃ」

「殿、どちらへ行かれます」

「深川の連中に文を書く」

今はそれどころじゃないと言いかけて、善衛門は言葉を飲み込んだ。

お初がさとり、うかがう目を向けている。気付いた善衛門は、信平が奥に去ってから、詳しいことを話して聞かせた。

「と、言うわけじゃ」

お初は真面目な顔でうなずく。

「上様は、信平様のためにそのようなことをおっしゃったのでしょうか」

「わしが思うに、恐らくそうじゃ。殿に御加増をお考えと見た。そこでお初、この機を逃してはならぬぞ。必ず四谷の弁慶を成敗していただけるよう、我らで、手を尽くそう」

「はい」

その後もお初と語り合い、やる気満々となる善衛門であった。

## 四

夜が更けた頃になって、屋敷を訪れる者がいた。

「こちらに、葉山善衛門殿がおられると聞いてまいったのだが」

「はい」

番所の格子窓から応じた八平は、ちょうちんも持たず、頭巾で顔を隠す侍に不審げな顔をした。

侍は人目を気にするように、あたりを見回している。

「あのぅ……」

声をかける八平に、侍は顔を向ける。

「おられないのか」

「いえ、いらっしゃいます。失礼ですが、お名前は」

「拙者、大隈茂成《しげなり》と申す。名を聞けばお分かりいただける。すまぬが早う取り次いでくれ」

「お待ちを」

八平は障子を閉めた。

程なくして、潜り門が開けられ、善衛門が顔を出した。

「善衛門、わしじゃ」

「その声は、まことに茂成か」

老武士が頭巾を取って見せると、善衛門は歓喜の声をあげた。

「おお、まことに茂成じゃ。久しぶりじゃの」

大隈は笑った。

「四谷におると聞いたものだからな、ちと、顔を見に来てやったのよ」

「まま、中へ」

善衛門が招き入れた。

「夜にすまぬ」

「かまわぬかまわぬ」

二人は並んで、母屋に歩んだ。

旧友の来訪に笑みを浮かべた善衛門が、

「丁度良いところに来た。今殿とな、月見酒をいただいていたところだ」

信平に紹介し、一緒に飲もうと誘った。

すると大隈は驚いた。

「この寒いのに、外で酒を飲んでいたのか？」

「今夜は暖かいではないか。この時季の月もなかなかに良いものじゃぞ。ささ、上がれ」

廊下を歩み、奥に行くと、篝火《かがりび》が焚《た》かれた月見台に狩衣姿の信平がいるのを見て、大隈は歩みを止めた。

深緑色の毛氈を敷いた月見台に、白い狩衣を着て座り、朱色の盃をゆるりと口に運ぶ姿は、老武士の大隈の目にも美しく見え、その高貴な姿に、思わず足がすくんだのだ。

「何をしておる。早う来ぬか」

善衛門が言うと、信平のそばに座っていたお初が顔を向けた。

大隈の目には、赤い着物を着たお初が侍女とは見えなかったのか、

「いや、水入らずを邪魔しては悪い」

などと気をつかうものだから、善衛門が呆《ほう》けたような顔をした。

「何を言うておる。お二人は夫婦ではないぞ。そばにおるのは侍女じゃ、侍女」

監視役と言えるはずもなく、近頃は侍女と言うのが相応《ふさわ》しいだけに、お初はそれらしく笑みを浮かべて頭を下げた。

「さようでござったか、いや、これは失礼した」

大隈が恐縮して、月見台に歩み出た。

「殿、古い友人が訪ねてくれましたので、共によろしいか」

信平は背を向けたまま顔を横に向け、構わぬ、と言った。

大隈は信平の背後に座し、頭を下げた。

「突然のご無礼をお許しください。拙者、大隈茂成と申す」

「よしなに」

信平は名を名乗らず、目の端で大隈を見ながら頭を下げた。

「ささ、こちらへ」

善衛門に促されて、大隈は毛氈の上に膝行《しっこう》して正座した。

朱色の盃を渡され、お初が銚子を差し向けるのを受けて、

「では、遠慮なく」

一息に飲み干した。

善衛門が愉快そうに笑う。

「相変わらず、いい飲みっぷりじゃな」

喜ぶ善衛門に盃を返し、大隈は信平の横顔を見ながら、小声で訊いた。

「善衛門、先ほどから殿と申しておるが、こちらのお方は？」

善衛門は驚いた。

「おぬし、知らずに来たのか」

「知らぬ」

「わしがここにおると、誰に聞いてまいったのだ」

「おぬしの甥だ。番町に行ったらな、この屋敷の場所を教えてくれたのだ。てっきり、隠居の屋敷だと思っていたが……」

「正房め、言葉足らずを直せとあれほど言うておるのに、名も言わなかったのか」

「まあ、わしも急《せ》かしたからの」

大隅はそう言って、信平を見た。

信平は、知らぬ顔で月を眺めている。

大隈が、不思議そうな顔を善衛門に戻し、小声で言う。

「お若いが、どなたなのだ」

「鷹司松平、信平様じゃ」

大隅はほんとうに何も知らなかったとみえて、目を丸くし、慌てふためいて信平の前に行くと、両手をついて平伏した。

「ご無礼の段、平《ひら》に、平にご容赦を」

「構わぬ。麿は百石の旗本ゆえ、お手を上げなさい」

「はは」

顔を上げた大隈が、ばつが悪そうに苦笑いをすると、逃げるように、善衛門の隣へ戻った。

「人が悪いぞ、早う教えてくれよ」

「知っているものと思うたのだ」

「して、何ゆえおぬしがここにおって、殿とお呼びするのだ」

「今は、上様の命でおそばにおるのだ」

「さようでござったか。いや、失礼いたした」

大隈はまた、信平に頭を下げた。

善衛門が問う。

「それにしても、三千石旗本のおぬしが殿のことを知らぬとは、どういうことじゃ。何も聞いておらぬのか」

「聞いておれば、このような無礼はせぬ」

善衛門はお初と目を合わせて、口をむにむにとやった。幕府は、信平のことを隠そうとしているのかと疑ったのだ。

「ほんとうに、何も聞いておらぬのだな」

「いやあ、正直に申すと、聞くには聞いておったのだ。鷹司信平様が江戸に下られ、旗本になられたことは知っておった。しかし、本理院様の弟君なれば、大猷院《だいゆういん》様の義兄弟。そのようなお方が、まさかこのような屋敷に……」

大隅は、大きいが古びた屋敷の屋根を見回して、はっとなって信平に詫びた。

「申しわけございませぬ」

信平は笑っていたが、善衛門は怒った。屋敷を小馬鹿にしたことではなく、幕府が詳しいことを旗本に知らせず、信平を軽んじていることにだ。

「まあ怒るな、善衛門。そのほうが、麿にとっては都合が良い」

「なんですと？」

「自由に外を歩き、のんびり暮らせるというものじゃ」

大隈はなるほどと賛同し、善衛門はまた、口をむにむにとやる。

「殿、軽んじられておるのですぞ」

「よいよい」

「よくはありませぬぞ、よくは。よろしいか……」

「お静かに！」

お初が目を吊《つ》り上げて、善衛門を黙らせた。

不機嫌きわまりないお初に、大隈が目を丸くしている。

いったいこの三人は、どういう縁なのかと思っていることだろうが、苦笑いを浮かべて黙っていた。

善衛門とお初が小言の言い合いをするのを見ているが、大隈のそのなんともいえぬ表情を見た信平は、目の奥にある闇を見たような気がして、声をかけずにはいられなくなった。

「大隈殿、何か、ご用があってまいられたのでは」

目を向けた大隈は、深刻そうな顔つきとなった。

「茂成、顔が青いぞ」

善衛門にそう言われて、

「い、いや……」

大隅は目を伏せ、すぐに、意を決した顔を上げた。

善衛門を見て、続いて信平と目が合うなり、また何か考える面持ちをして、背中を丸めた。

「おい、おぬしらしくもないぞ」

善衛門に言われて、大隈は、悲しそうな顔を向けた。

「今日は、おぬしに黙って、別れをするつもりで来たのだ」

「別れとは、どういうことじゃ」

訊いた善衛門、友の異変に気付き、目を見開いた。

「まさかおぬし……」

大隈は後ろに膝行し、毛氈に頭を擦り付けた。

「ここで信平様とお会いできたのも何かのご縁。まだこの世に生きろと、神仏のお告げにございましょう」

「おい、茂成……」

「善衛門、話を聞こうではないか」

口を制した信平は、大隈を促した。

「信平様、どうか、この大隈茂成の、一生の頼みを聞いてくだされ」

必死の様子に、信平と善衛門は顔を見合わせた。

善衛門が問う。

「いったい、何があった」

大隈は、息子の房之丞が襲われたことと、家宝の刀が奪われたことを包み隠さず打ち明けた。

善衛門は仰天した。

「家宝とはまさか、国永《くになが》の太刀を奪われたのか」

「一生の、不覚じゃ」

「あれは、わしの左門字のように、帯刀を許された品か」

「いや、倅めが、梅見の席で自慢しとうて、勝手に持ち出しよった」

「なんと……」

大隈は、信平の前に両手をついた。

「なにとぞ、我が大隈家を救ってくださいませぬか。このとおりでござる」

頭を下げられた信平は、小さなため息をついた。

「さて、困った。麿には、大隈殿が思うておるような力はないぞ」

「しかし、将軍家縁者であらせられるあなた様の口ぞえならば、上様も捨て置かれぬはず」

「麿は、妻《めと》を娶った時以来、上様にお目にかかれておらぬ。それどころか、本丸にも上がっておらぬのだ」

大隈が驚いて信平に顔を上げ、善衛門に目を向けた。

善衛門が目をつむり、そのとおりだという顔でうなずく。

「そ、そんな」

大隅は落胆し、がっくりと頭《こうべ》を垂れた。

「やはり善衛門、今宵でお別れじゃ。わしは屋敷に帰り、死んでお詫びする」

信平に頭を下げた大隅は、力なく立ち上がり、帰ろうとした。

「待たれよ」

信平が止めると、大隅は振り向いて片膝をついた。

「お止めくださいますな。将軍家より拝領の刀を奪われたのです。死んで詫びねば、家が絶えてしまいます」

「早まったことをするな！」

善衛門の一喝に、大隅が怯《ひる》んだ顔を向ける。

「し、しかし……」

「上様はな、此度の一件で、おぬしのような忠義者が死のうとすることを嘆いておられるのじゃ。軽々しく命を絶ってはならぬと、仰せであったぞ」

「そ、それは、まことか」

「まことじゃ」

「では、死なずとも、許していただけるのか」

「ああ、許される。許されるとも」

大隅は善衛門の言葉を信じ、安堵のため息をついてへたり込んだ。

「上様に、お詫び申し上げねばならぬな」

「それはならん！」

慌てる善衛門に、大隅は首をかしげた。

「何ゆえ止める。上様は死んではならぬと仰せであったと言うたばかりではないか」

「刀を奪われたことを、御公儀に知られたのか」

「いや、わしの口から申し上げて、詫びるつもりじゃ」

「では、今はまだ黙っていろ」

「なぜじゃ」

「上様はそういう御意向だが、松平伊豆守様は違う。今失ったことを知られては、どのような責めを負わされるや分からぬから、正式にお触れが出るまで黙っておけ」

「隠し通せるとは思えぬ。やはり死んで……」

「早まるなと言うておる」

「どうすればよいのだ。上様がお許しになられても、御老中が許さねば、このままだと御家断絶もありうるのだぞ」

「知られるまで、黙っておればよい」

信平がぼそりと言うと、大隈が目を見開いた。

「し、しかし信平様、先に御公儀に知られるより、潔くこちらから申し出たほうが、心証《しんしょう》がようございます」

「知られる前に、奪われた刀を取り戻せばよいではないか」

「相手は、一刀流を極めた房之丞を赤子の手を捻るがごとく倒した化け物。我が家には、倒せる者はおりませぬ」

「ほう、四谷の弁慶なる者は、そのように強いか」

「はい」

「さようか。されど、御家のためにも、その者を見つけ出して刀を取り戻すべきかと。あきらめるのは、まだ早いのではないか」

善衛門が、したり顔で膝を打った。

「案ずるな茂成、四谷の弁慶は、殿がきっと倒してくださるぞ」

それを聞いて、盃を口に運んでいた信平の手が止まった。

何ゆえそうなるのかと目を向けると、善衛門は惚けたように目をそらす。

大隈が信平をちらりと見て、善衛門の袖を引っ張った。

「何を申しておるのだ善衛門、倅が倒されたと申したであろうが」

公家が太刀打ちできるはずはない、と言いたいのであろう。

善衛門はそんな大隈に、呆れた顔をした。

「おぬしはほんとうに、殿のことを何も知らぬのだな」

「うむ？」

「この信平様はな、天下無双《むそう》の秘剣の遣い手じゃ。案ずるでない」

大隈は、見開いた目を信平に向けた。

「信平様、まことでございますや。この大隈に、お力添えをしていただけるのですか」

しがみ付かんばかりに迫られて、信平は困った。

返事をしあぐねていると、

「信平様、わたくしもお手伝いしとうございます」

お初が手をついて言う。

「それがしも、殿のために、いや、友のために、四谷の弁慶なる者を捕らえて、刀を取り戻しとうござるよ」

善衛門は信平の腕にしがみ付いて、耳元で大きな声で言った。

善衛門とお初の秘めたる思いを知らぬ信平は、二人に迫られて、首を縦に振った。

「分かった。力になろう」

言った時には、大隈が平伏し、善衛門は嬉しげにお初とうなずき合い、信平に顔を向けた。

「松姫様を迎えるためと思うて、励みなされ励みなされ」

# 五

「とは申したものの、神出鬼没の相手を捜すのは容易いことではござらぬな」

台所の板の間に座った善衛門は、信平に弱音をはいた。茶を淹《い》れてくれたおつうにすまぬと言って一口すすり、ため息をつく。

信平に手柄を挙げさせようと張り切っていた善衛門であるが、丸二日かけて四谷を駆けずり回り、手がかりひとつ得られずにいた。

探索に手間取っているのは町奉行所も同じらしく、道で出会った五味にそれとなく訊いてみても、被害に遭うのが旗本ばかりのせいか、奉行の命《めい》で話を聞きに赴いても、やはり前と同じで、知らぬ存ぜぬと話にならぬらしい。

「話が広まるのを怖れてのことでしょう。公儀の耳に入れば、ただではすみませぬから」

信平の前に座るお初が言うと、善衛門はうなずいた。

「正直者の茂成のような者が、損をするというわけじゃ」

お初が信平に言う。

「豊後守様がおっしゃいますには、分かっているだけでも、辻斬りの被害は三十三件。そのうち、拝領の刀を奪われたのは一人だけということです」

善衛門がお初に問う。

「御老中の前で腹を切ろうとした旗本か」

「はい」

「あの者には、お咎めなしが決まったそうじゃな」

「命を絶とうとした忠義に免じてのことだそうです」

「それを聞いて、他の者も老中の前で腹を切ろうとせねばよいが。死ぬ気がないのを見透かされれば、打ち首になろうぞ」

「豊後守様も、そのことを案じておられました。大隈殿のことは、ほんとうによろしかったのでしょうか」

お初に言われた善衛門は、信平をちらりと見た。

信平は目を伏せ、黙って二人の話を聞いている。

善衛門がお初に目を向けて言う。

「届けを、出さぬことか」

「はい」

「あの時は良い考えと思うたが、今思えば、殿がそうするようすすめられたことを伊豆守様あたりが知れば、ただではすまぬ。辻斬りの影すらつかめぬし、いかがしたものか」

知恵が浮かばず、沈んでいた善衛門とお初に、信平が問う。

「大隈殿は、どこで襲われたのだ」

善衛門が答える。

「屋敷の近くだと申しておりましたが」

信平はうなずき、お初に目を向けた。

「他の者は」

「届けが出ているのは、市谷本村《ほんむら》、田町《たまち》あたりの合羽坂《かっぱざか》が多いようです」

「あのあたりは、夜ともなると人気がないからのう」

と、善衛門が言うのに、信平は疑問を覚えた。

「そのような所を、何ゆえ歩く」

「坂の上に、旗本屋敷があるのですよ。夜の町で遊んだ者が、そこを通るのでしょう」

「なるほど」

信平は立ち上がった。

「善衛門、今からその坂へ案内してくれ」

「夜回りをしますか」

「うむ」

「それは良いお考え。まいりましょう」

屋敷から出かけた信平は、善衛門の案内で合羽坂に向かった。

田町に着いた頃には日が暮れ、北の小高い丘に茂る木々が黒い稜線《りょうせん》を浮かばせている。

思ったより急な坂をのぼり切った台地には、旗本の屋敷が並び、月桂寺《げっけいじ》をはじめとする寺地もある。

この坂が合羽坂と呼ばれるようになったのは、田町に蓮池《はすいけ》という用水溜《だ》まりがあるのだが、雨の日の夜には、池から妖しげなものが現れて、坂をのぼるらしい。

黒い影を見た村人が、雨の日に現れるので合羽に違いないと言ったのがはじまりで、その後噂が広がったせいで、いつしか合羽坂と呼ばれるようになったのだ。

そのせいか、近くに住む村人たちは、夜になるとこの坂を避ける。

逆に、お忍びで夜遊びをする侍たちは、人目に付かぬこの坂を選んで、屋敷に帰るのである。

信平を案内した善衛門は、合羽が出るそうですぞと言った後で、急に無口になり、不安げな顔であたりを見回している。

今日は離れずそばにいるお初は、肝が据わっているだけあり、見えもせぬ化け物に脅《おび》えている善衛門の姿を見て鼻で笑い、機嫌を悪くしている。

坂の上に着くと、ひっそりと静まる町屋の陰から様子を探った。

人気がない坂ではあるが、ぽつりぽつりとちょうちんの明かりがあり、時々人が上り下りする。どこぞの屋敷に仕える袴羽織姿の侍ばかりで、二人三人と連れ立って、町にくりだす様子の者が多い。

結局この日は、何も起こらなかった。

次の日も、その次の日も通ってみたが、現れぬ。

そして、五日目の夜、大身旗本らしき身なりの者が、坂をのぼって来た。噂を知って警戒しているのか、五人の侍があたりに目を配りながら、信平たちの前を通りすぎて行った。四十をすぎたほどに見えるあるじは腰に、値が張りそうなこしらえの大小を差し、着物の生地もいい。

弁慶が現れるかと期待した信平であったが、旗本の一団は、何ごともなく去った。

「今宵も、出ぬか」

あきらめた信平は、善衛門とお初を先に立たせ、坂を下りはじめた。

中頃まで下った時のことである。坂の上から、急な突風が吹き降ろしてきた。

信平は、砂埃を嫌って狩衣の袖で目を覆っていたのだが、ふと、背中に鳥肌が立つのを覚えて、振り向いた。

善衛門もお初も気配を察したらしく、振り向いて身構えた。

「殿！」

善衛門が叫んだが、信平は二人を止めた。

坂の上には辻灯籠があるのだが、その明かりを遮《さえぎ》って立つ者がいる。

黒い人影は、腰に大太刀を差しているとみえて、やけに長い刀の影が、横に張り出している。

信平は臆することなく、坂をのぼりはじめた。

「ほう、わしを見て、怖れぬか」

「お前が、四谷の弁慶なる者か」

信平の問いに、大男は答えない。

「わしと、勝負いたせ」

帰ってきた言葉は、それである。

信平がさらに歩みを進めると、大男が、灯籠から身をずらした。

明かりに照らされた大男の顔は、ぎらりとした目が大きく、鼻も口も、すべてが大きい。

伸びた髪を茶筅《ちゃせん》に結い、赤い布で頬被りしている。

茜色《あかねいろ》の着物に白い縄の襷を巻き、縦縞《たてじま》の袴を穿いていた。

信平は、さらに坂をのぼった。

すると、舌打ちが聞こえた。

「なんじゃ、侍ではないのか。公家に用はないわい」

吐き捨てるように言うと、大男は背を返して立ち去ろうとした。

「待て」

信平が声をかけると、

「ああ？」

横柄な態度で振り向く。

「お前は、麿の太刀がほしゅうはないのか」

大男は、信平の狐丸に目を落とし、

「ふん、刀に興味はない」

まるで相手にせぬといった具合に、また背を返す。

「では、何が目当てじゃ」

「お前には関わりのないことよ。目障《めざわ》りだ、去れ」

「奪った刀を、返してもらわねばならぬ」

信平は、大男を引き止めるために狐丸を抜刀した。

刀身が鞘を擦る音に、大男が立ち止まった。

「死に急ぐとは、愚かな奴」

薄笑いを浮かべて信平を見たが、途端に、顔を引きつらせた。

「な、なんじゃ、この、凄まじい剣気は」

己の髪が逆立つほどの気に圧され、たまらず大太刀を引き抜いた。

信平は、狐丸を右手に下げ、ゆらりと立っているだけだが、大男は金縛りにでもかかったかのごとく、動けなくなった。

「むむ、うう」

額から滴《しずく》が流れた。

全身を汗みずくにしつつ、大太刀を正眼に構え、脇構えに転じるを繰り返して落ち着きがなく、前に出ようとせぬ。

「き、貴様、流派はなんじゃ」

訊かれて、信平は薄く笑みを浮かべた。

「師、道謙《どうけん》が編み出した剣に、流派などない」

信平は、ゆるりと右手を上げ、狐丸の切っ先を真横に向けた。

ここにきて、大男の目が変わった。

楽しげな表情を浮かべて、大太刀を肩に置いて腰を低くする。

「我が平常無敵流に、勝てる者なし」

言うなり、突風のごとく動いた。

「むん！」

怪力をもって大太刀を小太刀のように操り、肩にかけていた大太刀を右へ横一閃に払うと見せかけて切っ先を回し、間合いに飛び込むなり右下から斬り上げてきた。

凄まじい刃風が襲い、大太刀の切っ先が信平の足を斬った。かのごとく見えた。だが、そこに信平の姿はない。

「うっ」

大男は、息を呑んだ。

気付いた時には、狩衣の袖が宙を舞っていた。

斬り上げてくる大太刀の刃を、とん、と地面を蹴り、上に跳んでかわした信平が、軽々と身を転じて大男の背後を取り、狐丸を肩に打ち下ろした。

「くっ」

峰打ちに打たれた大男は片膝をつき、歯を食いしばって痛みに耐えた。

はらりと舞い降りた信平が、狐丸の刃を返し、切っ先を大男に向ける。

「待て、参った、降参します」

大男は大太刀から手を放し、膝を転じて、信平の前に平伏した。

「奪った刀を、返すか」

「すべてお返しします」

「ならば……」

「家来にしてくだされ！」

思わぬ言葉に、信平は大男を見つめた。

驚いた善衛門が駆け寄り、

「貴様、殿に斬りつけておきながら、何を言うか！」

怒鳴りつけると、大男は太い眉を八の字にした弱々しい顔を信平に上げた。

「これまで多くの者に戦いを挑んだのは、わしより強いお方にめぐり合うため。家来にしてもらうためにござるよ。やっと見つけた。わしより強いお方を、やっと見つけた。どうか、家来にしてくだされ」

指貫の裾にしがみ付き、大きな身体を丸めて涙ながらに懇願した。

これにはさすがの信平も、呆れ果てて声も出ぬ。

善衛門は口をあんぐりと開け、お初は、奇妙な男が現れたものだと思っているのか、こめかみに青筋を浮かせて目を閉じ、怒った顔をしている。

「お願いでござりまする！」

薄暗い合羽坂に、大男の泣き声が木霊《こだま》した。

# 第五話　葵の旦那

## 一

前が霞《かす》むほど雪が舞っていたと思えば、青空がさっと広がる。

風が吹き、雲が流れ込んできた。

また、雪が舞う。

めまぐるしくうつろう空の下に、祥福寺《しょうふくじ》の小さな山門がたたずんでいる。

朱色の塗りがはげた軒を道に張り出しているのだが、甍が落ちて穴が空いた屋根はかたむき、今にも崩れそうである。

創建の時期も分からぬ寺は、住職が急死して以来廃寺となっている。十年ものあいだ手が付けられぬまま打ち捨てられているせいで、度々《たびたび》盗っ人の宿になり、またある時は、密通ごとに使われ、気の流れが良い場所ではなくなっている。

寺社奉行の申し立てにより近々取り壊して大縄地《おおなわち》とし、与力たちの組屋敷を建てることが決まっている。

よって、山門は破れた門扉に竹を×に組まれて閉門。立ち入りを禁止されている。

その、封印された山門の柱の下に、ぼろを着た大男が座っている。

ぼろの着物は、野良着だ。

頬被りをし、その上からぼろ布をかけている。

両足を前に投げ出し、背中を朱色の柱にもたせかけて、力なく座っている。

物もらい。

誰の目にも、そう映るであろう。

だが、頭から被ったぼろの奥には、ぎらりと見開かれた目がある。

息をころして、行き交う人々を眺め、顔つき、身体つきを確かめるように、目で追っている。

その、物もらいの目が、侍の一団に止まった。

山門の下に座る男になど目もくれず、侍たちは粛々《しゆくしゆく》と通りすぎて行く。

物もらいは立ち上がり、二歩、三歩と歩んで通りに出た。

物もらいとは思えぬ、大柄な身体つきをしている男は、名を佐吉《さきち》という。

四谷の弁慶と呼ばれた男だ。

合羽坂で松平信平に勝負を挑んで負けた日から一月《ひとつき》がすぎるが、毎日山門に通い、行き交う人を眺めている。

先ほど目を止めた侍の跡をつけ、屋敷を確かめた佐吉は、急ぎ山門に戻り、また、通りを見つめた。

日が暮れて人通りが減ると、やおら立ち上がり、あたりを見回した。

人の目がないことを確かめた佐吉は、寺の裏手に回り、崩れた土塀のあいだから、境内に入った。

山門に似合わぬ広い境内を歩み、打ち捨てられ、荒れ放題になっている本堂の前を通りすぎると、闇夜の中でひっそりとたたずむ薬師《やくし》堂の中に入った。

薬師如来《にょらい》の仏像があったであろう内陣に上がり、暗闇の中、台座の板を手探りで探し当てると、はずした。

手を差し入れて取り出したのは、暗くて見えぬが、紫の太刀袋。

金糸で編まれた紐《ひも》で結ばれた袋の中身は、小豆色の鞘に金の飾りが施され、葵の御紋が入れられた太刀である。

佐吉、いや、四谷の弁慶が、三十三回の勝負を挑み、負かした侍から奪った太刀の中の、最後の一振りだ。

「これを返せば、信平様との約束を果たせる」

佐吉は表情を引き締めて言い、太刀を持ち出すと、昼間に探し当てていた侍の屋敷に向かった。

辻灯籠の明かりから離れて道を曲がり、武家屋敷が建ち並ぶ通りを歩むと、両番所付きの冠木門の前に行き、潜り門の横に太刀を立てかけた。

障子から柔らかな明かりが漏れる番所の前に行き、格子を数回たたいた。

「へぇい」

中からだるそうな声がして、程なく、障子が開けられた。

誰もいないことに、門番はいぶかしげな顔をして外の様子をうかがっている。

「どうした」

奥から声がする。

「誰もいないのだ」

そう答えた門番が、太刀袋を見つけた。

潜り門が開けられ、門番が二人出てきた。

「刀ではないか」

太刀袋を持ち上げ、紐を解いて中を検《あらた》めた二人が、驚いた顔を合わせ、慌てて中に入った。

門の奥では、人を呼ぶ大きな声がする。

物陰に隠れて見ていた佐吉は、

「ようやく終わった」

ほっと息をつくと、暗い夜道に駆けだした。

佐吉の家は、市谷を西に下った谷町《たにまち》にある。

町と言っても、谷合のこのあたりは木や茅《かや》が生い茂っていて、日当たりが悪くじめじめしている。

そのせいで人家も少なく、実りの悪い田畑が目立つのだが、諸国行脚《あんぎや》をしていた佐吉が江戸にやって来た二年前にくらべると、徐々に家が増えている。

佐吉は、東大久保村《ひがしおおくぼむら》の豪農、両山四郎左衛門《りようやましろうざえもん》が家主の百姓屋に、恋女房と二人で暮らしている。

「国代《くによ》、今帰ったぞ」

縫い物の手を止め、妻が笑みを浮かべた。

「お帰りなさいませ。お腹《なか》が空いたでしょう。すぐに支度を」

何をしてきたかも訊かず、行灯の乏しい明かりを頼りに内職の針仕事をしている妻を気遣い、佐吉は自分で器の支度をした。

囲炉裏には、佐吉が川で獲《と》ってきた鴨《かも》の肉を入れた鍋が掛けられている。

仕上げの味付けは、いつも佐吉の役目。

味噌を足して味を調《ととの》えると、国代がこしらえたほうとうを入れた。ねぎを入れてひと煮立ちさせると出来上がりだ。

国代がよそってくれた椀を受け取り、まずはほうとうを食べた。

「うん、旨い」

国代は優しい笑みを浮かべている。

「ねぎも、旨いな」

「家主様から、今日いただいたのですよ」

「さようか」

佐吉は、刀を持たぬ時は両山家の田畑を手伝う。

力仕事を難なくこなし、人一倍に働くため四郎左衛門に可愛がられ、給金の代わりに家賃をただにしてもらい、食うに困らぬ米と青物を貰《もら》っていた。

これに、国代が内職で稼ぐ銭を足せば、夫婦が二人暮らすのに、なんの不自由もなかった。

だが、佐吉は侍になることを目指している。

生まれは越後国《えちごのくに》。

先祖は上杉謙信《うえすぎけんしん》に仕えた名家であるが、父親は死ぬまで浪人だった。

父の最期は知らぬが、賭場でのいざこざに巻き込まれて命を落としたと聞かされている。

百姓である母方の家で育てられた佐吉は、野原を駆け、伸び伸びと育った。

恵まれた体格を持っていた佐吉は、八歳になると祖父を手伝い、野良仕事に精を出すようになっていた。

十歳になった頃には、村の若者に負けぬほどの力持ちに成長し、米俵を片手で軽々と持ち上げて周囲の者を驚かせていた。

そんなある日、一夜の宿を求めた旅の剣客、蘇芳正元《すおうしようげん》の目にとまり、乞《こ》われて弟子となった。

道場を持たぬ蘇芳に連れられ、母と別れて旅に出たのが十一歳の時である。以来十年、一度も村に帰ることなく厳しい修行に耐えた佐吉は、蘇芳から平常無敵流の極意を授けられ、蘇芳が鈴鹿《すずか》の山中で亡くなった後、弔いを終えて越後国へ帰ったのが五年前だった。


だが、故郷の村は、十年のあいだに様変わりしていた。

大きな飢饉《ききん》と疫病に襲われ、佐吉の母も、祖父母も他界してしまっていたのだ。

家は朽ち果て、田畑は、代官の命《めい》で別な者が耕していた。

家族を失い、家も失った佐吉は、村長《むらおさ》から仕官をすすめられるまま代官の屋敷を訪れた。


蘇芳の下で修行を重ねた佐吉は、仕官するならば、己より強い者と決めていた。

その旨を伝え、代官に試合を申し入れたが、代官に剣を交える気はなく、代わりに家来を当てて来たのだが、まるで相手にならなかった。

仕官を断り、村を出た佐吉は、強い者を求めて越後国内を旅したが、これという人物にめぐり合えず、江戸を目指したのである。

国代とは、江戸に旅する途中で知り合った。

甲斐国《かいのくに》の小さな町に立ち寄った時、たまたま入っためし屋で席を同じにした侍と息が合い、家で飲み直そうということになった。

その侍とは、甲府藩士、山内宗八《やまうちそうはち》。国代の父親だ。

郡奉行《こおりぶぎょう》の与力をしていた国代の父は、佐吉の剣の腕ではなく、人柄が気に入ったといい、家に引き止めた。

佐吉も厚意に甘えて三月《みつき》も長逗留《とうりゅう》したのだが、そのあいだに、国代を意識するようになっていたのだ。

その時、国代は二十歳。父や親戚が持って来る縁談という縁談を断り、輿入れには少々遅い年頃になっていたのだが、佐吉を見る目の変化に気付いた母親が、それとなく山内に教えた。

山内家には跡取り息子がいる。

佐吉の人柄は気に入っていた山内ではあるが、娘をやるとなると、話は違う。

「浪人に娘はやれぬ」

この一言で話を終えると、娘の想いを断ち切るように、佐吉を追い出した。

江戸に向けて旅立った佐吉であるが、家を飛び出した国代が、追ってきたのである。

互いに想い合う二人は、駆け落ちした。

江戸に来て二年になるが、幸せに暮らしていたのだ。

しかし、佐吉は、己より強い者の家来になりたいという夢は、捨てられなかった。

佐吉は国代に、やっと仕えたいと思う侍を見つけたと言った。

そして今、そのお方の家来になるための仕事を終えて来たのだと言うと、箸を止めた国代は、丸くした目を上げて見つめてきたが、見る間に潤ませ、大粒の涙をこぼした。

「おめでとう、ございます」

「喜んでくれるのか」

「お前様の夢が叶うのですから、嬉しいに決まっているじゃありませんか」

「そうか、うん、よし。明日はそのお方の屋敷に行く。侍となって戻るから、楽しみに待っておれよ」

夫婦は微笑み合い、明日が来るのを心待ちにした。

二

「もう少し、待ってみてはいかがか」

松平信平は、書院の間で難しげな顔をして座っている老侍に言った。

口を引き結び、答えぬのは、大隈茂成だ。

晴れた日の昼すぎに、思いつめた面持ちで屋敷を訪ねて来たのである。

心労のせいか、鬢《びん》が一段と白くなったように思える。

「茂成……」

葉山善衛門が返答を急かすと、大隈は辛そうに目をつむった。

「奪われた刀を返された者が、大勢おる。その噂が立ちはじめて半月。わしにも戻されることを信じ、今日か、明日かと首を長《なご》うして待っておったが、未だ戻ってこぬ。国永の太刀は、天下に名が知れた名刀中の名刀。売れば破格の値が付くと知り、戻さぬつもりであろう。すでに、江戸にはないのかもしれぬ。そう思えてならぬのだ」

「だからと申して、急いて幕府に届けることもあるまい。殿が申されるように、少し待ってみてはどうじゃ」

「わしはよいのだが、倅が、な」

出された茶にも手をつけぬ大隈は、寂しげな目で善衛門を見た。

大隈の息子房之丞は、宝刀を無断で持ち出したばかりか、四谷の弁慶に奪われたことにこころを痛め、部屋に引き籠もってしまっていた。

誰にも負けぬと自信を持っていた必殺技、清流の剣が敗れたことは、脚に負った傷よりも、こころに暗い影を落としているのだろう。

「とにかく、話をしても応じぬし、部屋から出ようとせぬ。自害せぬよう見張っておるのだが、こうなっては、忠義の武士として潔く腹を切らせてやるのも、倅《あれ》のためになるのかもしれぬと、思うてしまうのだ」

「ならん。それだけはならんぞ、茂成」

善衛門が大隈の肩をつかみ、必ず戻るので、その日まで待てと説得した。

だが大隈は、悲しい目を善衛門に向ける。

「根拠は」

「何？」

「国永が戻ってくると言い切るが、根拠はなんじゃ」

訊かれて、善衛門は返答に窮した。

「わしを友と思うなら、気休めを申すな、善衛門」

「気休めではない」

言って、救いを求める眼差しを信平に向けた。

あの夜、四谷の弁慶を倒した信平は、家来にしてくれと、両手をついて頼まれた。

聞く耳を持たずに、奪った品を返せと迫ったのであるが、四谷の弁慶、

「家来にすると約束せねば返さぬ」

がんとして聞かぬ。

奉行所に突き出すと脅し、刀の行方《ゆくえ》を教えるなら見逃してやると賺《すか》したのだが、

「家来にせぬなら刀は返さぬ、この場にて腹を切る」

などと開き直り、どうにもならなかった。

そこで、信平が咄嗟《とっさ》に思い付いたのは、奪った刀を己の手で返させることだった。

すべて返し終えたなら、その時は話を聞いてやると、約束したのだ。

善衛門に救いを求められた信平は、あの夜のことを、正直に話した。

大隈は初め、信平がしたことに驚き目を見張っていたが、そうでもせぬと刀が戻ってこぬと知り、喉まで出ていた恨み言を飲み込んだ。目を伏せ、考える顔をしていたが、信平のしたことに納得したらしく、

「なるほど」

うなずき、顔を上げた。

「では、気長に待つしか、ございませぬか」

善衛門が言う。

「そういうことだ茂成。四谷の弁慶は、殿との約束を果たそうとしておる。刀を返さぬはずはない」

「うむ」

「他家の刀も戻されているのだ。安心して待っておれ」

善衛門に励まされ、大隈の表情に希望の光が差し込んだ。

「ところで、房之丞の傷が芳《かんば》しくないと申したが、どのような具合なのだ」

善衛門が訊くと、大隈の表情がふたたび曇った。

「脚の傷は浅い。医者が申すには、皮一枚斬られたのみで、まったくたいしたことはないのだ。しかし、ここがのう」

大隈が、拳で己の胸を打った。

「一刀流を鍛錬し、師を倒すほどの技を身につけていただけに、一刀も浴びせずに負けたのがよほど響いたのであろう。まるで、ふぬけじゃ。せめて国永が戻れば、幾分か気が休まるのだろうが」

大隈は茶に手を伸ばした。

冷めた茶を飲み干すと、肩を落として、ため息をついた。

「信平様に、とんだ愚痴を聞かせ申した。このとおりでござる」

頭を下げ、大隈は善衛門の見送りを受けて、屋敷へと帰っていった。

廊下の襖が閉《た》てられ、足音が遠ざかるのを待って、信平は声をかけた。

「出てまいれ」

襖がすっと開けられ、赤い小袖を着たお初が横向きに座り、目を伏せた。

顔色を青くした大男が、呆然とした様子で歩み出ると、信平の前に座り、荒々しく結い上げた茶筅髪の頭を下げ、両手を畳につく。

「聞いてのとおりじゃ。麿との約束を、違《たが》えたのか」

信平が厳しく問うと、佐吉は激しくかぶりを振った。

「昨夜、確かにお返ししました。門番が屋敷の中に持って行くのを、この目で確かめております」

「しかし、今の様子では、嘘を申しておるとは思えぬ」

そこへ、善衛門が戻ってきた。口をむにむにとやり、怒りの顔を佐吉に向けて座る。

「まさかおぬし、売ったのではあるまいな」

「断じてそのようなことは。信じてくだされませ」

佐吉は慌て、今にも泣きそうな声で言う。

「こちらも、嘘とは思えぬ」

信平の言葉に、善衛門は渋い顔を向けた。

「殿、騙されてはなりませぬぞ」

佐吉が必死の顔を上げた。

「嘘ではござらぬ。確かに、お返ししたのです」

「屋敷を、間違えてはおるまいな」

信平が問うと、佐吉は一拍のあいだ考える顔をしたが、すぐにかぶりを振った。

「この目で確かめたのですから、間違えませぬ。大隈殿が嘘を申しておるのです」

善衛門が憤慨した。

「黙れ、大隈は長年の友じゃ。嘘をつく男ではない。だいいち、わしらに嘘を申しても、なんの得にもなるまい。となると、おぬしが嘘を申しておると思うは当然じゃ」

「嘘ではない！」

佐吉が怒って立ち上がった。

善衛門が胸を反らし、厳しい目で見上げた。

「嘘ではないと申すなら、証を立てよ」

「証……」

「刀を返したという証じゃ」

「そんなこと、できるものか」

「ふん、当然じゃろうな。のこのこ大隈の屋敷に行けば、おぬしが辻斬りと名乗り出るようなものじゃからな」

「分かって申すとは、意地の悪いじじいじゃ」

「じ、じじいじゃとこの」

「じじいをじじいと申して何が悪い」

「くぅ、この」

善衛門は歯を食いしばり、信平に向いた。

「殿、このような無礼者を家来にしてはなりませぬぞ。こ奴は辻斬り、罪人ですからな」

言われてぎょっとした佐吉は、慌てて座り、頭を畳に擦り付けた。

「悪うござった。このとおりじゃ。殿様、わしを家来にしてくれ、いや、してください。このとおりじゃ、このとおり」

何度も畳に頭を打ちつけ、手を合わせて拝んだ。

その必死さに、信平は男が哀れに思えてきた。

「佐吉とやら」

「はい」

「そもそも、刀を奪った理由はなんじゃ」

「…………」

「正直に申せ」

信平の顔をちらりと見て、佐吉は居住まいを正した。

「初めは、少しでも妻を楽にするため、売って銭にしようと思いました」

「やはりそうか……」

それみろと言わんばかりの善衛門は、ぎょっとした。

「今、妻女のためと言うたか」

「はい」

佐吉は、駆け落ちで夫婦になったことを隠さず話し、ここに至る経緯《いきさつ》も聞かせた。

これには善衛門が憤慨した。

「幸せに暮らしておるなら、仕官を求めずともよかろう。まして、辻斬りまでしおってからに。くだらぬことをしなければ、大限とてあのように苦しまずにすんだものを。しかも、奪った刀を売るなどと」

「だから、売ってはおらぬ。旗本の奴らには、売らなかったことを感謝してほしいほどじゃ」

「黙れ！　図々《ずうずう》しい奴め」

「善衛門、まあ、聞いてやれ」

信平に言われ、善衛門は不服そうに鼻を鳴らすと、浮かせていた尻を下ろした。

「感謝とは、いかがしたことじゃ」

信平が訊くと、佐吉は横柄《おうへい》に答えた。

「わしが刀を売っておれば、持ち主どもは皆、笑われたであろう」

「うむ？」

「将軍様の旗本だのなんだの偉そうなことを言っておきながら、いざ勝負となると弱い。腹が立つので、奪った刀を暮らしの足しにでもしようと考え、売ってやろうとしたのだが、どれもこれも黒い染みが浮き、酷い物は、赤錆《あかさび》が浮いている物まである。泰平の世とは申せ、刀は侍の魂。その刀の手入れもできぬほどに、侍どもの性根は腐ったのかと思うと、情けのうなったのだ。そのうち刀身を検めるのもいやになり、奪った刀はそのまま、荒れ寺の内陣の下に放り込んでおったのじゃ」

「さようか……」

信平は、そのまま黙り込んだ。

佐吉が申すことは、間違いではない。

侍の剣に対する思い入れが薄くなっていることは、深川の地でも感じていたことであった。大店《おおだな》の息子としてこの世に生まれ、旗本増岡《ますおか》家の養子となった友、弥三郎《やさぶろう》のほうが、関谷道場に通う侍たちより、よほど侍である。

武家として出世したくば、剣の技を磨くより頭を使えと、世の中にはこれをあからさまに言う者までいるのだ。

「わしはな……」

佐吉が言った。

「次第に、侍になるのが馬鹿馬鹿しく思えてきた。合羽坂の勝負も終わりにしようと思っていた矢先に、あなた様に出会ったというわけじゃ。これも何かの縁」

どうか家来にしてくれと、また拝んだ。

だが、信平に応じる気はない。

「ともあれ、約束は約束。売っておらぬと申すなら、国永をすぐ返しにゆけ。ことは一刻を争う。よいな」

「だから、わしは返したのでござるよ。合羽坂上の、冠木門の前に置いたのじゃ」

「なんじゃと？」

善衛門が眉間に皺を寄せた。

「今なんと申した。なんの門じゃと」

「冠木門じゃ」

「大隈家は、冠木門などではないわ」

「嘘を申すな。冠木門と申しても、番所付きの立派な門じゃ」

「たわけ。それは過去に火事を起こした家の印じゃ。大隈家は、火事など起こしておらぬわ」

「うん？」

「じゃから、冠木門などではないと申しておる」

「ば、馬鹿な。門番が太刀を持って入るのを……」

「あるじの名を確かめたのか」

「い、いや、しかし、確かに、戦った男……」

「まことに、そうだと言い切れるか」

善衛門に睨まれ、佐吉は息を呑んだ。

大隈家が冠木門ではないと言われては、どうにもならぬ。

佐吉は刀を取り戻すと言い、慌てて部屋を駆け出た。

「麿も行こう」

立ち上がろうとした信平の前に、善衛門が両手を広げて立ちはだかった。

「なりませぬぞ。合羽坂上の冠木門の屋敷と申せば、二千石旗本、高坂正影《こうさかまさかげ》の屋敷。あまり良い噂を聞きませぬゆえ、四谷の弁慶と共に行けば、どのような難癖をつけられるか分かったものではござらん」

隣の部屋で控えていたお初が顔を見せ、信平に目を向けた。

「ここは、お初にまかせなされ」

善衛門に言われて、信平は引き下がった。

三

佐吉が信平の屋敷を去って数日後のことである。

葺屋町《ふきやちょう》の吉原《よしはら》遊郭にある富屋《とみや》の一室で、朱色の敷布団《しきぶとん》に大の字となり、月代も乱れ、みだらに桜色の襦袢《じゅばん》をはだけさせ、眠りこけている男がいる。

顔は細く、眉の形がりりしく、鼻と口は大きい。

男前ではないが、どこか気品が漂う。

その男に添い寝をするのは、富屋一のおいらん、高瀬太夫《たかせだゆう》である。

揚げ代だけでも、江戸の職人が二月《ふたつき》は食えるという高値。

これに、心付けや飲食代を入れると、数倍にもなる。

昼すぎに、頭巾で顔を隠し、供の者を二人連れて現れた男は、店で一番の女を頼むと告げ、酒も料理も楽しみ、思うさま遊んだ。

吉原は、幕府の命で夜の営みを禁じられている。

泊まりも厳禁のため、日が西にかたむいた頃合いを見計らい、店の者が現れた。

「あのう、お武家様。そろそろ店じまいにございます」

「うむ、そうか」

「へへ、どうも、今日の御代《おだい》は、こちらでございます」

目尻を下げて店の者が告げると、代金を書き入れた紙を差し出した。

むっくりと起き上がった侍は、紙をちらりと見るなり、口をへの字に下げて、わざとらしく咳ばらいをした。

高瀬太夫がだるそうに起き上がり、男の肩に白い手を伸ばすと、

「またのお越しを、お待ちしているでありんす」

甘えた声で言う。

男は薄笑いで応じ、まずは身なりを整えにかかる。

生地に光沢のある羽織袴を着ると、部屋の中で頭巾を被った。

座って待っている店の者に対し、

「今は、持ち合わせがない」

堂々と言う。

「へ？」

店の者は頓狂な声をあげ、見る間に顔色を曇らせた。

「お武家様、ご冗談を」

「冗談ではない。案ずるな、これを形《かた》に預ける」

男は刀掛けに置いていた太刀袋に入れた刀を取り、紐を解いて出した。

鞘に光る葵の御紋に目を丸くした店の者が、

「ひっ」

小さな悲鳴をあげた。

侍は左の頬をぴくりと震わせ、またも薄笑いを浮かべる。

「明日、これを持って代金を取りに、城にまいれ」

「しし、城でございますか」

「不服か」

「し、しばしお待ちを、ただ今、あるじを呼んでまいります」

店の者が退散してすぐ、廊下を走る音がした。

あるじの鶴蔵《つるぞう》でございますと名乗った男が平伏し、媚《こ》びるような目を上げる。

「あなた様は、いったい」

「ここで名乗らせるか」

男がじろりと睨むと、

「めめ、滅相もないことでございます。はいぃ」

鶴蔵はそう言い、引きつった笑みを浮かべた。

「さ、受け取れ」

男が、葵の御紋入りの刀を差し出すと、鶴蔵はとんでもないと言って下がり、平伏した。

徳川の印である葵の御紋は、限られた者しか持てぬ御禁制の品。

借金の形に受け取ったと御上《おかみ》に知られれば、どのような咎めを受けるか分かったものではない。

まして、刀を持ち歩いてお城に金を取りに行くなどもってのほか。

「今日のところは、この鶴蔵がお招きしたことにさせていただきとう存じます」

「代金はいらぬと申すか」

「はい」

鶴蔵は恭《うやうや》しく両手をつき、平伏した。

「あなた様のようなお方のお相手をさせていただき、おいらんは果報者でございます」

おい、と店の者に声をかけ、何やら命じた。

応じた店の者が一旦下がり、程なく戻ってきて、鶴蔵に布の包みを渡した。

「これは、ほんのお礼の気持ちでございます」

鶴蔵が差し出したのは、二十五両。

この時になって、おいらん高瀬もことの大きさが分かったのか、鶴蔵の横に並び、平伏した。

「うむ、なかなかの心構えじゃ。気に入った。後日褒美を持たせるゆえ、楽しみに待っておれ」

高瀬の肩をぽんとたたいて、男は立ち上がった。

店の者の見送りを受けて、供を連れた侍が帰ってゆく。

その背中を見守っていた佐吉が物陰から出ると、ちっ、と舌を鳴らして、富屋の暖簾を潜った。

見張る者がいるとは知らぬ男は、歩きながらくつくつと笑いはじめた。

「殿、うまくいきましたな」

家来が横に並び、小声で言う。

「それにしても、良い思いをしました」

「どこぞの馬鹿めのおかげよのう。良い物を、置いて行ってくれたものじゃ」

太刀袋に入れた刀をにぎる右手を上げ、高坂正影は、腹の底から湧き上がる嬉しさを隠せぬ様子で薄笑いを浮かべている。

門番が持って来た太刀袋を開けた時は、葵の御紋に驚いたが、四谷の弁慶による騒動を知っていた高坂は、返す家を間違えたのだと、すぐに勘付いた。

この時共にいた二人の家来に口止めをすると、宝刀を我が物としたのである。

そして、鞘に描かれた葵の御紋を眺めているうちに、今日のような悪事を思いつき、家来を連れて遊びに出たというわけだ。

それも、一度や二度ではない。

吉原の他にも、料理屋の代金を踏み倒し、先日などは、品川に足を延ばし、目を付けた大店に上がり込むと、高値の茶器を選び、先ほどと同じやり口でまんまと手に入れていた。

合羽坂をのぼり、屋敷に帰った三人は、

「次は、どこへ行くかのう」

酒を飲みながら、悪事の相談をはじめた。

そこへ、門番の知らせを受けた家来が現れ、

「殿、表に妙な者がまいっております」

障子の外から、声をかけてきた。

「なんじゃ」

「それが、刀を返してほしいなどと、申しているとか」

盃を運ぶ手を止めた高坂が、

「高部《たかべ》……」

鋭い目を向けて首を振ると、側近の高部盛貴《もりたか》が障子を開けた。

家来が頭を下げ、控えている。

「話を聞こう。表で待たせるがよい」

「はは」

家来が立ち去ると、もう一人の側近、森本兵衛《もりもとひょうえ》が声をかけてきた。

「殿、刀を返せなどと申すとなると、四谷の弁慶ではござらぬか。お会いになって、いかがするおつもりで」

「案ずるな。軽くあしらうまでよ」

脇差し一振りを腰に差し、高坂は表玄関に向かった。

家来の足下に、汚い身なりをした大男が座っていた。

赤い布で頬被りをし、茶筅髪を空に向けて頭を下げている。

高坂は式台に立ち、男の名を求めた。

「佐吉に、ございます」

「して、佐吉とやら。刀を返せと申したそうじゃが、どういうことじゃ」

「言葉のとおりにござる」

頭を下げたまま言うが、背中に怒りを秘めている。

「それがしがとんだ間違いをいたし、宝刀をこちらの門の前に置いてしまったのでござるよ」

「はて、知らぬが」

「それは妙な……」

佐吉が頭を上げた。

「うっ」

息を呑んだのは、高坂だ。

太い眉の奥に鋭い目が光り、顎鬚《あごひげ》を生やした顔はいかにも猛将。

こ奴が四谷の弁慶。

怒らせれば厄介だと覚った高坂は、思わず目をそらした。

佐吉が言う。

「わしは、門番が太刀を持って入るのを見届けておるのだ。返さぬと申すなら、出るところへ出るぞ」

高坂は、蔑んだ目を向けた。

「出て困るは、そちのほうであろうが、四谷の弁慶」

「むっ」

佐吉が怯むのを見て、高坂がたたみかけた。

「何をどう勘違いしておるか知らぬが、宝刀など、わしは知らぬ。今日ばかりは特別に見逃してやる、とっととうせろ」

「どうしても出さぬと申すか」

「くどい!」

「ならば、お前たちが市中のいたるところでしてきた悪行を、御上にばらすぞ」

「貴様何を言うておる！」

「わしは知っておるのだ。お前らが葵の御紋を見せて飲み食いの代金を踏み倒し、付け届けまで出させるのを。品川では茶器まで手に入れたであろうが」

「き、貴様……」

「何ゆえ知っているか知りたいか。ふん、わしはな、お前らが店を出た後、店の者に聞いたのだ。案ずるな、お前らの正体は申しておらぬ。じゃが、民の模範となるべき立場の旗本とは思えぬ所業。御上が知れば、即刻腹を切らされるであろうな」

背後に回った家来たちが、佐吉の退路を絶った。

後ろをうかがう佐吉。

百姓の野良着のため、丸腰だ。

急に胸を張った高坂が、余裕の顔で見下ろした。

「そこまで知られては是非もなし。死んでもらうしかないのう」

顎を振って命じるやいなや、

「せや！」

家来が斬りかかった。

佐吉は、背後から迫る刃を紙一重でかわし、前に出た敵の首を手刀で打った。

「うっ」

短い呻き声をあげた家来が一撃で気を失い、足から崩れるように伏し倒れた。

他の者が斬りかかろうとして、慌てて飛びすさった。

佐吉の手には、家来から奪った刀がにぎられ、危うく喉を突かれそうになったのだ。

威嚇して下がらせた佐吉は、大男とは思えぬ俊敏さで式台へ上り、逃げようとした高坂を捕まえた。

喉に刃を向けると、高坂が悲鳴をあげた。

「まま、待て、待ってくれ」

「太刀を返せば、命は取らぬ」

「分かった返す。だが、今は屋敷にない」

「ざれごとをぬかすか」

「嘘ではない、嘘ではないのじゃ」

「ならばどこにある！」

「屋敷に持ち帰るとまずいので、吉原の行きつけの店に預けてある」

佐吉は、刃をぐっと近づけた。

「嘘を申すな。わしは、お前が富屋から出るのを見ておるのだぞ。刀を持っていたであろうが」

「と、富屋ではない。それがしが懇意にしておる店じゃ。帰りに預けたのじゃ。信じてくれ」

「では、今すぐそこへ連れて行け」

「ばば、馬鹿を申すな。吉原への夜の立ち入りは御法度じゃ。見つかれば、厄介なことになるぞ」

「ええい」

「こうなってはわしも命が惜しい。どうじゃ、ひとつ取り引きをせぬか」

「取り引きじゃと」

「さよう。明後日《あさって》まで待ってくれ。宝刀は必ず返す。そなたのことは誰にも言わぬから、わしのことも見逃してくれ。これで相子《あいこ》。互いに綺麗さっぱり忘れて、道で出合《でお》うても知らん顔じゃ」

「何ゆえ明日ではないのだ」

「明日は、朝から登城せねばならぬ」

「むむ、うぅ」

「何を躊躇う」

「よし、分かった」

「では明後日、未《ひつじ》の刻（午後二時）に取りにまいれ」

「だめだ。信用できぬ」

「では、どうする」

「合羽坂の上に荒れ寺があろう。そこの薬師堂に、おぬし一人で来い」

「承知した」

「約束を違えれば、お前らがしたことをばらすからな」

佐吉は高坂を突き放し、刀を家来どもに向けて威嚇すると、門の前で刀を捨て、立ち去った。

「殿、お怪我《けが》は」

「たわけ！」

身を案じた家来を蹴り倒し、憎悪に満ちた顔を門に向けた。

「森本」

「はは」

「奴の後を追え。住処《すみか》を突き止めるのじゃ」

「はは！」

すぐに門から出た森本は、辻灯籠の明かりの中に肩を怒らせて通りを歩む大男の背中を見つけ、気付かれぬよう付いていった。

そして、谷町の家を突き止めると、裏手に回り、木立の陰に潜み、様子を探った。

程なく、裏の戸が開き、手燭《てしよく》を持った若い女が出てきて畑の物を摘み取って帰るのを見届けると、不敵な笑みを浮かべた。

気付かれぬよう木立の陰からそっと離れ、屋敷へと急いだ。

## 四

善衛門の手から、箸が落ちた。

「五味、それはまことか」

「どうしたのです御隠居、青い顔して」

「いや、なんでもない」

箸を拾う善衛門の手が震えている。

それを見た五味が、盃を置いた。呑気な顔を一変させ、厳しい目で問う。

「まさか、葵の旦那に心当たりがおありなので？」

「葵の旦那？」

「今話した、侍のあだ名ですよ」

「知らん。わしは知らん」

知っていると言わんばかりの慌てように、五味が疑いの目を向けた。

信平は善衛門に助け舟を出そうと、五味に酒をすすめた。

「して、奉行所には、どのような訴えがあったのだ」

五味が酌を受け、信平を見た。

「訴え？　なんのです？」

「侍が代金を払わなかったのだから、訴えが出たのであろう」

「いえいえ、払わなかったのではなくて、払っていただかなかったのですよ。店の者は、むしろ自慢していました。上様が来られたと言ってね」

「馬鹿な、その者は、上様のお歳を知らぬのか」

善衛門が怒ったので、五味は笑った。

「分かっているに決まっているじゃないですか」

「店の者は、そういう話を作り上げて、箔《はく》を付けたいのですよ。庶民にとって将軍様は雲上人《うんじょうびと》ですから、よそから来た者の中には、上様の歳をはっきり知らない者がいるでしょう」

「うむ？」

善衛門は納得した。

「まあ、そうだが」

「問題の武家は、そういうことを言いそうな店を選んでいるから、鼻が利くというかなんというか、賢い野郎ですよ」

五味は身を乗り出し気味に、聞いてきた町の噂話に花を咲かせている。

善衛門は相槌《あいづち》を打っているが、浮かない顔をして聞いている。

このまま噂が広がり、幕府の耳に入ればおおごとになるからだ。

五味がしゃべるのをやめて酒を飲むのを待って、信平が問う。

「葵の旦那と申す者は、どのような刀を見せたのだ」

「信平殿、この話に興味がありますか」

「葵の御紋と聞いては、捨ておけぬ」

「なるほど」

五味が、ふふ、と、嬉しげに笑った。

「小豆色の鞘に、金の御紋が三つ並んでいたと聞きました」

湯飲みを持った善衛門が激しく咳き込むのに顔を向けた五味が、眉間に皺を寄せた。

「やはり、噂について何か知っていますね。あ、まさか御隠居、葵の旦那の正体を知っているのですか？」

「知らん」

五味は疑う目で、善衛門と信平を交互に見た。

善衛門は落ち着きがなくなった。

信平は平然を装い、酒を口に運ぶ。

五味が信平に、おかめ顔を突き出す。

「どうなのです、信平殿」

「はて、知らぬ」

「怪しいですな」

「…………」

「まあいいですが、おれは、葵の旦那の正体は、四谷の弁慶ではないかと思っています」

信平は五味を見た。

「何ゆえそう思う？」

「近頃出たという話を聞かないからです。誰かに勝負を挑んで斬られたと言う者がいますが、思わぬ宝刀を手に入れた弁慶が、そいつを使って騙しているのじゃないかと思っているのですよ」

五味の考えは、一部当たっているところがある。

「そう思いませんか」

「はて……」

信平は惚けた。

五味に知っていることを話せば、大隈も、佐吉も救えなくなる気がしたのである。

同時に信平は、佐吉を救おうとしている己の気持ちに気付いた。

合羽坂の勝負は確かに悪いことだが、堕落《だらく》した侍の根性をたたきなおす意味では、賞賛されてもよいのではないか。

ふとそんなことを、思ったのである。

そして、佐吉の憎めぬ人柄にも、興味を持っていたことは確かなのだ。

そこへ、お初が帰ってきた。

五味に気をつかい、信平にそっと目を伏せて合図をしてきた。

五味を待たせ、別室に向かった信平は、佐吉を見張っていたお初から、見たことを聞かされた。

「では、葵の旦那は、高坂であったか」

「葵の旦那？」

初めて聞くというお初に、五味から聞いたことを教えた。

商家の者たちが、葵の御紋に騙されたという意識がなく、喜んでいることに目を丸くしたお初は、ふと、安堵した顔となった。

「いかがした」

信平が不思議に思い見ると、お初は言う。

「これで、刀さえ元の鞘に納まれば、佐吉の罪が消えるのではないかと思いまして」

「罪が、消える？」

「旗本の連中は、己の恥を隠そうと必死の様子。被害を御上に訴え出る者がおりませぬゆえ」

「なかったことに、できると」

「はい」

「なるほど」

「ですが、気がかりがございます」

「ふむ」

「高坂の手の者が、佐吉の家を見張っていました。素直に宝刀を返すようには思えませぬ」

「佐吉を、斬ると申すか」

「…………」

「お初」

「高坂の屋敷に、人が集まっております」

信平は立ち上がった。

狐丸を取りに戻ろうとする信平の前にお初が座りなおし、頭を下げた。

「佐吉をお助けになれば、信平様にも累《るい》が及ぶやもしれませぬ」

お初の言うとおり、旗本を傷つけた四谷の弁慶を助けたことが上様の耳に入れば、ただではすむまい。

「それでも、行かれますか」

「通してくれ」

「何ゆえにございます。もしや、あの者を家来にとお考えなのですか」

「分からぬ」

「分からぬとは？」

「麿はただ、佐吉と慎《つつ》ましく暮らしている妻女を、悲しませとうないだけかもしれぬ」

言うと、お初は目を見開いたが、ふと、口元に笑みを浮かべ、膝を転じて場を空けた。

「すまぬ」

信平は、狐丸を取りに行った。

「殿、どちらにまいられる」

狐丸を手にする信平に、善衛門が訊いてきた。

五味は酔った目を上げて、黙って見ている。

「ちと、野暮用じゃ。五味殿、すぐ戻るゆえ、ゆるりとしていてくれ」

五味が薄笑いを浮かべた。

「もしかして、おなごですか」

「麿には妻がいる」

「はいはい、そうでした」

酔って気分がよさそうな五味は、

「御隠居、ですからあの店の煮物がですね……」

などと、善衛門を捕まえて世間話に戻った。

五味の話に適当に相槌を打ちながら、何ごとかと気にする善衛門を残して、信平とお初は屋敷から出かけた。

## 五

佐吉は、夜着の中で天井を見つめていた。寝付けないのだ。

葵の御紋で良い思いをした高坂が、素直に約束を守るか、不安でしかたがなかった。

刀が戻らねば、信平様の家来になれぬ。

己が剣をまじえた者を見誤るとは、まったくもって情けない。

師匠が生きておれば、未熟者と叱られたであろう。

妻が、腕の中で寝返りをした。

背を向け、身体を付けてくる。

佐吉は国代の腹に手を回し、抱き寄せてやった。寒い夜は、こうして身体を温め合って寝るのだ。

小さな寝息を聞いていて、ふと思った。

このまま百姓を手伝い、妻と慎ましく暮らすのも悪くないか。

だが、その思いをすぐに振り払う。後一歩で、夢が叶う。手を伸ばせば届くところまできているのだ。

あのお方、信平様がどのような身分の方かは知らぬ。

禄高が百石ならば、たいした身分ではないだろう。

家来になったとて、暮らしが楽になるとは思えぬ。

だが、信平という人に惚れた。剣に惚れた。

妻には苦労させるかもしれぬが、男佐吉、やっと、命をかけてお仕えしたいと思う侍に出会ったのだ。

どうあっても刀を取り戻し、家来になってやる。

かっと目を見開いて、改めて決意し、一人でうなずいた。

「見ておれよ、国代。わしは、お前を侍の女房にするからな」

「お前様……」

起きているのか寝ているのか、国代が手をにぎり、気持ちよさそうな寝息をたてた。

どれほど時がすぎただろうか、佐吉はふと、目を開けた。

妻をしっかり抱き締めているうちに、柔肌の温もりに心地よくなり、いつの間にか、うつらうつらとしていたらしい。

囲炉裏の火は消えかかっているが、小さな火が闇の中で明々と照り、温もりを放っている。

さほど時は経っておらぬと思った時、閉めている雨戸の外に気配を感じた。

身を起こすのと、戸が破られるのが同時だった。

松明《たいまつ》の火が見えたと思えば、

「てやぁ！」

いきなり気合をかけ、黒い人影が襲って来た。

松明でぎらりと光る刃が佐吉を襲った。佐吉は咄嗟に夜着を蹴り上げ、曲者《くせもの》の足を蹴り払った。

足をすくわれ、腰から落ちたそ奴の腹に、すかさず拳を入れた。

喉の奥から奇妙な呻き声を発した曲者が、腹を抱えて悶絶《もんぜつ》する。

佐吉が立ち上がるやいなや、

「おのれ！」

別の曲者が切っ先を向け、突き進んで来る。

妻をかばい、突き出された刀を腕で払った。

身体をぶつけて来る曲者の肩を胸で受けた時、右腕に、焼けたような痛みがはしった。

払ったはずの刀が、腕を貫いていたのだ。

激痛に顔を歪め、呻き声とも雄叫《おたけ》びともいえぬ声を発して曲者の首をつかみ、持ち上げて足を浮かせた。

苦しげな声を出した曲者が足をばたつかせたが、白目をむいて気絶した。

気絶した男を、松明を持つ曲者に向かって投げつける。

国代の悲鳴があがったのはその時だった。

背後に迫った曲者が、国代の首に腕を回して、

「動くな！」

脇差しの刃を喉に向けて、大声をあげた。

「おのれ！」

「おい！」

佐吉が動くと同時に、国代の喉の薄皮が切られ、血がにじんだ。

佐吉は開いた手の平を前に突き出した。

「分かった。わしの負けだ。妻だけは助けてくれ」

何かで背中を打たれ、佐吉はたまらず膝を折った。

背を返して睨みつけると、二人の曲者によって喉元に刀の刃を向けられ、身動きを封じられた。

妻は、未だ捕らえられている。

こうなっては、どうにもならぬ。

憎々しく曲者を睨み上げていると、外の暗闇から、高坂が現れた。

唇に笑みを浮かべ、勝ち誇った顔で佐吉の前に立つと、隣にいる国代に目を向けた。

「ほう、良い女ではないか」

国代の着物ははだけ、白い胸と足が露《あら》わになっている。

「妻に指一本触れてみろ、ただでは……」

「ああ！」

鐺で鳩尾《みぞおち》を突かれた佐吉は、眉間に皺を寄せて呻いた。

「立場が分かっておらぬようだな。貴様の命も、女房の身体も、こうなってはわしの思うまま。さて、どうしてくれようか」

「く、おのれ」

「ふん。わしを脅すなどするからこうなるのだ。太刀をあきらめて黙って帰っておれば、女房は苦しい目に遭わずともすんだものを」

高坂は憎々しく言い、刀を抜いた。

切っ先を佐吉に向け、転じて、国代に向けた。

「やめろ、妻だけは、助けてくれ」

聞く耳を持たぬとばかりに、高坂は鼻で笑い、ぎらりと光る刃を国代の着物の帯に差し入れ、ぷつりと切り割った。

着物に手を掛け、国代の身体が露わにされる。

「おのれ！」

「大人しくせい！」

両腕をつかまれ身動きできぬ背中を打たれて、四人がかりでうつ伏せに倒された。

国代は悲鳴をあげず、歯を食いしばり、高坂を睨んでいる。

「良い顔じゃ」

顎に手を伸ばすと、佐吉が叫んだ。

「やめろ！」

「うるさい奴じゃ。殺せ！」

高坂の命で、一人の家来が刀の柄を持ち替え、切っ先を下に向けた。

背中に突き入れんと目を見開いた刹那、闇を貫いて飛んで来た手裏剣が腕に刺さった。

「ぐわ」

家来の悲鳴と同時に、ふたたび手裏剣が飛び、国代を捕らえていた家来の右目に突き刺さる。

「ぎゃぁぁ」

悲鳴をあげた家来が国代から手を放し、目を押さえて苦しみもがいた。

家来どもはあるじを守ろうと、国代と佐吉から離れて高坂をかばった。

「何奴じゃ！」

高坂が叫ぶと、暗闇から染み出るように、白い狩衣を着た信平が現れた。

「貴様、何者じゃ」

「……………」

「答えぬか」

松明を向けられ、信平は、鋭い目で見上げた。

「ぬしは、高坂正影であるな」

「むっ」

「屋敷を訪ねたが留守であったゆえ、捜していた。悲鳴が聞こえたので来てみれば、武士にあるまじきことをしておる姿を見かねて、手を出してしもうた」

信平は、紫の太刀袋を掲げて見せた。

「これは、返してもらうぞ」

「そそ、それは……」

高坂は目を丸くした。

「これは、四谷の弁慶に奪われし太刀。そちの屋敷にあったということは、そちが四谷の弁慶であろう」

「何を申すか」

「これこのとおり、動かぬ証を、麿は見たのじゃ」

「麿だと……」

高坂は、家来を押しどけて前に出た。

「貴様、何者じゃ。名を名乗れ」

「鷹司松平、信平じゃ」

高坂がぎょっとした。

「馬鹿な。家光公の義兄弟様が、このような場所におられるものか」

「されど、ここにおる」

信平が、冷めた笑みを浮かべた。

たじろいだ高坂は、悪夢を振り払うように、頭を振った。

「斬れ、斬れ斬れ、何をしておる、斬らぬか！」

家来の一人が、信平に迫った。

「やぁ！」

刀を上段から斬り下げた刹那、信平がすっと前に出て、高坂を見た。

すれ違った家来は、声もあげずに、ぱたりと伏し倒れた。

左手の袖から覗く隠し刀が、ぎらりと刃を煌めかせているが、血はしたたっておらぬ。峰で、首を打ったのだ。

高坂に押された別の家来が、震える声で気合をかけながら刀を振り上げたものの、信平の凄まじい剣気に圧されて、後ずさった。

「麿を斬るは構わぬが、この所業、すべて上様のお耳に届くと心得よ」

「そのような嘘には騙されぬぞ」

「嘘ではない。麿は、監視されておる」

信平が言うと、闇を切り、小柄が飛んできた。

足下に突き刺さった小柄を見下ろし、高坂が息を呑む。

「こ、これは」

松明の明かりに、葵の御紋が輝いていた。

いつの間にか、信平の背後に黒い影が現れている。

「公儀の忍び、か……」

「このまま退くなら、何も見なかったことにしてやろう」

信平の背後で、お初が言った。

頬をぴくりとさせた高坂が、下を向いて呻くと、呆然とした目を信平に上げた。

「つまらぬ。わしは帰るぞ」

高坂は刀を放り投げ、気が抜けたような足取りで、ふらふらと家から出ていった。

「殿、お待ちを」

「殿」

家来たちが慌てて追っていく。

信平は、その者たちには目もくれず、家の中で横たわる佐吉の元へ駆け上がった。

傍らにいる妻が、お前様、お前様と、先ほどから必死になって声をかけていた。

「佐吉、しっかりいたせ」

腕に深手《ふかで》を負い、床にはおびただしい血が流れている。

お初が腕を取り、傷の具合を診た。

厳しい顔で袖を切り裂き、手当てをはじめた。

「こ、高貴なお方とは知らず、こ、これまでの、ごぶれいを……」

「よいからしゃべるな」

佐吉は、うつろな目を転じて、妻を見つめた。

「国代、無事か」

「お前様、しっかりして、死んではなりませぬ」

「案ずるな。これくらいのことで、わしは死なぬ。信平様の家来に、なるまではな」

「家来にはせぬ。だから死ぬでない」

「ふ、ふふふ。強情な、おかたじゃ……」

佐吉は笑っていたが、目を閉じた。

## 六

後日、江戸城に呼び出しを受けた善衛門は、落ち着かぬ様子で、将軍の前に座っていた。

信平は、褒美より人の命が大事だと言い、佐吉のことを公儀に届けず、高坂を捨ておき、そして、宝刀を大隈に返したのだ。

「善衛門」

「はは」

「まことに、四谷の弁慶なる者の行方が分からぬのか」

「は、申しわけございませぬ」

「信平は、よう見つけなかったと、いうのだな」

「は、はい」

平伏したまま答える善衛門の横で、松平伊豆守が鼻で笑った。

「しょせんは、元公家。これまでが、運がよかったということでござろう。上様、信平殿に期待をされるのは結構ですが、ひいきがすぎますのもどうかと思いますぞ」

「何も知らぬくせに、偉そうに」

善衛門は聞こえぬように言ったつもりだったが、伊豆守が目を吊り上げた。

「善衛門、今なんと申した」

「いえ、何も」

「嘘を申すな。偉そうにと申したであろう」

「いえいえ、そのような大それたことは申しませぬ」

「こ奴、わしを愚弄する気か」

「やめられい。上様の御前であるぞ」

阿部豊後守が厳しい口調で止めたが、目は笑っている。

「はは」

大きな声をあげて、善衛門がふたたび平伏した。

その善衛門の前に歩み寄った将軍家綱が、訊きたいことがあると言った。

「はは、なんなりと」

「近頃、信平の家来になりたいという者が現れたそうじゃな」

「……………」

善衛門は、首を捻って豊後守を見た。

豊後守はお初から何を聞いているのか、惚けたように天井を見ている。

「答えよ、善衛門」

「はは、おりまする」

「どのような男じゃ」

「それはもう、弁……」

「べん？」

善衛門は慌てて咳ばらいをした。

「弁が立ち、よくしゃべる男でございまするが、それ以上に、剣の腕が立つ者でございます」

「ほう、剣がのう」

「はは」

「強いのか」

「信平様には及びませぬが、かなりの遣い手であります」

「して、信平はどうすると申しておる。家来にせぬのか」

「はあ……恐らく」

「余が許す。その者、家来にさせよ」

「はあ？」

「剣の腕が立つなら、これからの信平にはなくてはならぬ者になろう」

「おそれながら上様、それはどういったことでございますや」

「余が申さずとも、分かっておろう」

善衛門が目を上げると、家綱は口元に笑みを浮かべていた。

「大男と共に民のために励んでくれることを、余は願っているぞ」

「え？」

「すぐに戻り、その旨伝えよ。よいな」

「は、ははぁ」

善衛門は、泣きそうな顔で応じた。

「こりゃぁ、米が減るわい」

今度こそ誰にも聞かれぬように、つぶやいた。

本書は『四谷の弁慶　公家武者　松平信平3』（二見時代小説文庫）を大幅に加筆・改題したものです。

|著者| 佐々木裕一　1967年広島県生まれ、広島県在住。2010年に時代小説デビュー。「公家武者　信平」シリーズ、「浪人若さま新見左近」シリーズのほか、「若返り同心　如月源十郎」シリーズ、「身代わり若殿」シリーズ、「若旦那隠密」シリーズなど、痛快かつ人情味あふれるエンタテインメント時代小説を次々に発表している時代作家。本作は公家出身の侍・松平信平が主人公の大人気シリーズ、その始まりの物語、第3弾。


四谷《よつや》の弁慶《べんけい》　公家武者信平《くげむしゃのぶひら》ことはじめ㈢

佐々木裕一《ささきゆういち》





講談社文庫

定価はカバーに
表示してあります

2021年2月16日第1刷発行

発行者――渡瀬昌彦
発行所――株式会社　講談社
東京都文京区音羽2-12-21　〒112-8001
電話　出版（03）5395-3510
　　　販売（03）5395-5817
　　　業務（03）5395-3615
Printed in Japan

デザイン―菊地信義
本文データ制作―講談社デジタル製作
印刷―――豊国印刷株式会社
製本―――株式会社国宝社





ISBN978-4-06-522706-0

# 講談社文庫刊行の辞

二十一世紀の到来を目睫に望みながら、われわれはいま、人類史上かつて例を見ない巨大な転換期をむかえようとしている。

世界も、日本も、激動の予兆に対する期待とおののきを内に蔵して、未知の時代に歩み入ろうとしている。このときにあたり、創業の人野間清治の「ナショナル・エデュケイター」への志を現代に甦らせようと意図して、われわれはここに古今の文芸作品はいうまでもなく、ひろく人文・社会・自然の諸科学から東西の名著を網羅する、新しい綜合文庫の発刊を決意した。

激動の転換期はまた断絶の時代である。われわれは戦後二十五年間の出版文化のありかたへの深い反省をこめて、この断絶の時代にあえて人間的な持続を求めようとする。いたずらに浮薄な商業主義のあだ花を追い求めることなく、長期にわたって良書に生命をあたえようとつとめるところにしか、今後の出版文化の真の繁栄はあり得ないと信じるからである。

同時にわれわれはこの綜合文庫の刊行を通じて、人文・社会・自然の諸科学が、結局人間の学にほかならないことを立証しようと願っている。かつて知識とは、「汝自身を知る」ことにつきていた。現代社会の瑣末な情報の氾濫のなかから、力強い知識の源泉を掘り起し、技術文明のただなかに、生きた人間の姿を復活させること。それこそわれわれの切なる希求である。

われわれは権威に盲従せず、俗流に媚びることなく、渾然一体となって日本の「草の根」をかたちづくる若く新しい世代の人々に、心をこめてこの新しい綜合文庫をおくり届けたい。それは知識の泉であるとともに感受性のふるさとであり、もっとも有機的に組織され、社会に開かれた万人のための大学をめざしている。大方の支援と協力を衷心より切望してやまない。

一九七一年七月

野間省一

# 講談社文庫　目録

こだま　夫のちんぽが入らない
こだま　ここは、おしまいの地
講談社校閲部　〈熟練校閲者が教える〉間違えやすい日本語実例集
佐藤さとる　〈コロボックル物語①〉だれも知らない小さな国
佐藤さとる　〈コロボックル物語②〉豆つぶほどの小さないぬ
佐藤さとる　〈コロボックル物語③〉星からおちた小さなひと
佐藤さとる　〈コロボックル物語④〉ふしぎな目をした男の子
佐藤さとる　〈コロボックル物語⑤〉小さな国のつづきの話
佐藤さとる　〈コロボックル物語⑥〉コロボックルむかしむかし
佐藤さとる　天狗童子
佐藤さとる　絵／村上勉　わんぱく天国
佐藤愛子　新装版 戦いすんで日が暮れて
佐木隆三　慟哭〈小説・林郁夫裁判〉
佐木隆三　身分帳
佐高信　石原莞爾 その虚飾
佐高信　わたしを変えた百冊の本
佐高信　新装版 逆命利君
佐藤雅美　恵比寿屋喜兵衛手控え
佐藤雅美　隼小僧異聞〈物書同心居眠り紋蔵〉
佐藤雅美　密約〈物書同心居眠り紋蔵〉
佐藤雅美　老博奕打ち〈物書同心居眠り紋蔵〉
佐藤雅美　向井帯刀の発心〈物書同心居眠り紋蔵〉
佐藤雅美　一心斎不覚の筆禍〈物書同心居眠り紋蔵〉
佐藤雅美　魔物が棲む町〈物書同心居眠り紋蔵〉
佐藤雅美　ちよの負けん気、実の父親〈物書同心居眠り紋蔵〉
佐藤雅美　へこたれない人〈物書同心居眠り紋蔵〉
佐藤雅美　わけあり師匠事《こと》の顛末〈物書同心居眠り紋蔵〉
佐藤雅美　御奉行の頭の火照《ほて》り〈物書同心居眠り紋蔵〉
佐藤雅美　江戸繁昌記〈寺門静軒無聊伝〉
佐藤雅美　青雲遙かに〈大内俊助の生涯〉
佐藤雅美　悪足掻《あが》きの跡始末 厄介弥三郎
酒井順子　負け犬の遠吠え
酒井順子　金閣寺の燃やし方
酒井順子　気付くのが遅すぎて、
酒井順子　朝からスキャンダル
酒井順子　忘れる女、忘れられる女
佐野洋子　嘘ばっか〈新釈・世界おとぎ話〉
佐野洋子　コッコロから
佐川芳枝　寿司屋のかみさん サヨナラ大将
笹生陽子　ぼくらのサイテーの夏
笹生陽子　きのう、火星に行った。
笹生陽子　世界がぼくを笑っても
沢木耕太郎　一号線を北上せよ〈ヴェトナム街道編〉
沢村凜　タソガレ
佐藤多佳子　一瞬の風になれ 全三巻
笹本稜平　駐在刑事
笹本稜平　駐在刑事 尾根を渡る風
佐藤あつ子　昭《あき》 田中角栄と生きた女
西條奈加　世直し小町りんりん
西條奈加　まるまるの毬《いが》
佐伯チズ　改訂完全版 佐伯チズ式「完全美肌バイブル」〈123の肌悩みにズバリ回答！〉
斉藤洋　ルドルフとイッパイアッテナ
斉藤洋　ルドルフともだちひとりだち
佐々木裕一　若返り同心 如月源十郎〈不思議な飴玉〉
佐々木裕一　若返り同心 如月源十郎〈闇の顔〉
佐々木裕一　公家武者 信平《のぶひら》〈消えた狐丸〉
佐々木裕一　逃げた名馬〈公家武者 信平㈡〉

佐々木裕一　比叡山の鬼〈公家武者 信平㈢〉
佐々木裕一　公《く》卿《ぎょう》の罠《わな》〈公家武者 信平㈣〉
佐々木裕一　狙われた旗本〈公家武者 信平㈤〉
佐々木裕一　赤い刀身〈公家武者 信平㈥〉
佐々木裕一　帝《みかど》の刀《とう》匠《しょう》〈公家武者 信平㈦〉
佐々木裕一　若君の覚悟〈公家武者 信平㈧〉
佐々木裕一　くもの頭領〈公家武者 信平㈨〉
佐々木裕一　狐のちょうちん〈公家武者信平ことはじめ㈠〉
佐々木裕一　姫のため息〈公家武者信平ことはじめ㈡〉
佐藤　究《きわむ》　Q　J　K　J　Q
佐藤　究　A　n　k　〈a mirroring ape〉
佐藤　究　サージウスの死神
佐野　晶／三田紀房・原作　小説アルキメデスの大戦
澤村伊智　恐怖小説キリカ
さいとう・たかを／戸川猪佐武 原作　歴史劇画 大宰相〈第一巻 吉田茂の闘争〉
さいとう・たかを／戸川猪佐武 原作　歴史劇画 大宰相〈第二巻 鳩山一郎の悲運〉
さいとう・たかを／戸川猪佐武 原作　歴史劇画 大宰相〈第三巻 岸信介の強腕〉
さいとう・たかを／戸川猪佐武 原作　歴史劇画 大宰相〈第四巻 池田勇人と佐藤栄作の激突〉
さいとう・たかを／戸川猪佐武 原作　歴史劇画 大宰相〈第五巻 田中角栄の革命〉
さいとう・たかを／戸川猪佐武 原作　歴史劇画 大宰相〈第六巻 三木武夫の挑戦〉
さいとう・たかを／戸川猪佐武 原作　歴史劇画 大宰相〈第七巻 福田赳夫の復讐〉
さいとう・たかを／戸川猪佐武 原作　歴史劇画 大宰相〈第八巻 大平正芳の決断〉
さいとう・たかを／戸川猪佐武 原作　歴史劇画 大宰相〈第九巻 鈴木善幸の苦悩〉
さいとう・たかを／戸川猪佐武 原作　歴史劇画 大宰相〈第十巻 中曽根康弘の野望〉
佐藤　優　人生の役に立つ聖書の名言
斉藤詠一　到達不能極
佐々木　実　竹中平蔵 市場と権力　「改革」に憑かれた経済学者の肖像
司馬遼太郎　新装版 播磨灘物語 全四冊
司馬遼太郎　新装版 箱根の坂 (上)(中)(下)
司馬遼太郎　新装版 アームストロング砲
司馬遼太郎　新装版 歳　月 (上)(下)
司馬遼太郎　新装版 おれは権現
司馬遼太郎　新装版 大　坂　侍
司馬遼太郎　新装版 北斗の人 (上)(下)
司馬遼太郎　新装版 軍　師　二　人
司馬遼太郎　新装版 真説宮本武蔵
司馬遼太郎　新装版 最後の伊賀者
司馬遼太郎　新装版 俄 (上)(下)
司馬遼太郎　新装版 尻啖え孫市 (上)(下)
司馬遼太郎　新装版 王城の護衛者
司馬遼太郎　新装版 妖　怪 (上)(下)
司馬遼太郎　新装版 風の武士 (上)(下)
司馬遼太郎　戦　雲　の　夢〈レジェンド歴史時代小説〉
司馬遼太郎／海音寺潮五郎　新装版 日本歴史を点検する
司馬遼太郎／井上ひさし　新装版 国家・宗教・日本人
司馬遼太郎／陳舜臣／金達寿　新装版 歴史の交差路にて〈日本・中国・朝鮮〉
柴田錬三郎　お江戸日本橋 (上)(下)
柴田錬三郎　貧乏同心御用帳
柴田錬三郎　新装版 岡っ引どぶ〈柴錬捕物帖〉
柴田錬三郎　新装版 顔十郎罷り通る (上)(下)
白石一郎　庖　丁　ざ　む　ら　い〈レジェンド歴史時代小説〉〈十時半睡事件帖〉
島田荘司　御手洗潔の挨拶
島田荘司　御手洗潔のダンス
島田荘司　暗闇坂の人喰いの木
島田荘司　水晶のピラミッド
島田荘司　眩（めまい）暈
島田荘司　ア　ト　ポ　ス

## 講談社文庫 目録

富樫倫太郎 風の如く 高杉晋作篇
富樫倫太郎 スカーフェイス〈警視庁特別捜査第三係・淵神律子〉
富樫倫太郎 スカーフェイスII デッドリミット〈警視庁特別捜査第三係・淵神律子〉
富樫倫太郎 スカーフェイスIII ブラッドライン〈警視庁特別捜査第三係・淵神律子〉
豊田 巧 警視庁鉄道捜査班〈鉄血の警視〉
豊田 巧 警視庁鉄道捜査班〈鉄路の牢獄〉
夏樹静子 新装版 二人の夫をもつ女
中井英夫 新装版 虚無への供物(上)(下)
中島らも 僕にはわからない
中島らも 今夜、すべてのバーで〈新装版〉
鳴海 章 フェイスブレイカー
鳴海 章 謀略航路
鳴海 章 全能兵器AiCO《アイコ》
中嶋博行 ホカベン ボクたちの正義
中嶋博行 新装版 検察捜査
中嶋博行 新検察捜査
中村天風 運命を拓く〈天風瞑想録〉
中山康樹 ジョン・レノンから始まるロック名盤
梨屋アリエ でりばりぃAge

梨屋アリエ ピアニッシシモ
中島京子 妻が椎茸だったころ
中島京子ほか 黒い結婚 白い結婚
奈須きのこ 空の境界(上)(中)(下)
中村彰彦 乱世の名将 治世の名臣
長野まゆみ 簞笥のなか
長野まゆみ レモンタルト
長野まゆみ チマチマ記
長野まゆみ 冥途あり
長野まゆみ 45°〈ここだけの話〉
長嶋 有 夕子ちゃんの近道
長嶋 有 佐渡の三人
永嶋恵美 擬態
永井 均 内田かずひろ 絵 子どものための哲学対話
なかにし礼 戦場のニーナ
なかにし礼 生きる力〈心でがんに克《か》つ〉
なかにし礼 夜の歌(上)(下)
中村文則 最後の命
中村文則 悪と仮面のルール

中田整一 編/解説 真珠湾攻撃総隊長の回想〈淵田美津雄自叙伝〉
中村江里子 女四世代、ひとつ屋根の下
中野美代子 カスティリオーネの庭
中野孝次 すらすら読める方丈記
中野孝次 すらすら読める徒然草
中山七里 贖罪の奏鳴曲《ソナタ》
中山七里 追憶の夜想曲《ノクターン》
中山七里 恩讐の鎮魂曲《レクイエム》
中山七里 悪徳の輪舞曲《ロンド》
長島有里枝 背中の記憶
長浦 京 赤刃《セキジン》
長浦 京 リボルバー・リリー
中脇初枝 世界の果てのこどもたち
中脇初枝 神の島のこどもたち
中村ふみ 天空の翼 地上の星
中村ふみ 砂の城 風の姫
中村ふみ 月の都 海の果て
中村ふみ 雪の王 光の剣
中村ふみ 永遠《とわ》の旅人 天地の理《ことわり》

夏原エヰジ　Ｃｏｃｏｏｎ〈修羅の目覚め〉
夏原エヰジ　Ｃｏｃｏｏｎ２〈蠱惑の焰〉
西村京太郎　七人の証人
西村京太郎　華麗なる誘拐
西村京太郎　寝台特急「日本海」《メモリー・トレイン》殺人事件
西村京太郎　十津川警部　帰郷・会津若松
西村京太郎　特急「あずさ」《アリバイ・トレイン》殺人事件
西村京太郎　十津川警部の怒り
西村京太郎　宗谷本線殺人事件
西村京太郎　奥能登に吹く殺意の風
西村京太郎　特急「北斗1号」《スーサイド・トレイン》殺人事件
西村京太郎　十津川警部　湖北の幻想
西村京太郎　九州特急「ソニックにちりん」殺人事件
西村京太郎　東京・松島殺人ルート
西村京太郎　新装版　殺しの双曲線
西村京太郎　愛の伝説・釧路湿原
西村京太郎　山形新幹線「つばさ」殺人事件
西村京太郎　新装版　名探偵に乾杯
西村京太郎　十津川警部　君は、あのSLを見たか

西村京太郎　南伊豆殺人事件
西村京太郎　十津川警部　青い国から来た殺人者
西村京太郎　十津川警部　箱根バイパスの罠
西村京太郎　新装版　天使の傷痕
西村京太郎　新装版　D機関情報
西村京太郎　十津川警部　猫と死体はタンゴ鉄道に乗って
西村京太郎　韓国新幹線を追え
西村京太郎　北リアス線の天使
西村京太郎　十津川警部　長野新幹線の奇妙な犯罪
西村京太郎　上野駅殺人事件
西村京太郎　京都駅殺人事件
西村京太郎　沖縄から愛をこめて
西村京太郎　十津川警部「幻覚」
西村京太郎　函館駅殺人事件
西村京太郎　内房線の猫たち〈異説里見八犬伝〉
西村京太郎　東京駅殺人事件
西村京太郎　長崎駅《ナガサキ・レディ》殺人事件
西村京太郎　十津川警部　愛と絶望の台湾新幹線
西村京太郎　西鹿児島駅殺人事件

西村京太郎　札幌駅殺人事件
西村京太郎　十津川警部　山手線の恋人
仁木悦子　猫は知っていた
新田次郎　新装版　聖職の碑《いしぶみ》
日本文芸家協会編　愛　染　夢　灯　籠〈時代小説傑作選〉
日本推理作家協会編　犯人たちの部屋〈ミステリー傑作選〉
日本推理作家協会編　隠　さ　れ　た　鍵〈ミステリー傑作選〉
日本推理作家協会編　Play《プレイ》推理遊戯〈ミステリー傑作選〉
日本推理作家協会編　Doubt《ダウト》きりのない疑惑〈ミステリー傑作選〉
日本推理作家協会編　Bluff《ブラフ》騙し合いの夜〈ミステリー傑作選〉
日本推理作家協会編　Propose《プロポーズ》告白は突然に〈ミステリー傑作選〉
日本推理作家協会編　Acrobatic《アクロバティック》物語の曲芸師たち〈ミステリー傑作選〉
日本推理作家協会編　ベスト8ミステリーズ2015
日本推理作家協会編　ベスト6ミステリーズ2016
二階堂黎人　ラ　ン　迷　宮〈二階堂蘭子探偵集〉
二階堂黎人　増加博士の事件簿
新美敬子　猫のハローワーク
西澤保彦　新装版　七回死んだ男
西澤保彦　人格転移の殺人

西澤保彦　麦酒《ばくしゅ》の家の冒険
西澤保彦　新装版 瞬間移動死体
西村　健　ビ　ン　ゴ
西村　健　地の底のヤマ(上)(下)
西村　健　光陰の刃《やいば》(上)(下)
楡　周平　陪　審　法　廷
楡　周平　宿　命(上)(下)〈ワンス・アポン・ア・タイム・イン・東京〉
楡　周平　血　戦〈ワンス・アポン・ア・タイム・イン・東京2〉
楡　周平　修羅の宴(上)(下)
楡　周平　レイク・クローバー(上)(下)
西尾維新　クビキリサイクル〈青色サヴァンと戯言遣い〉
西尾維新　クビシメロマンチスト〈人間失格・零崎人識〉
西尾維新　クビツリハイスクール〈戯言遣いの弟子〉
西尾維新　サイコロジカル(上)〈兎吊木垓輔の戯言殺し〉／(下)〈曳かれ者の小唄〉
西尾維新　ヒトクイマジカル〈殺戮奇術の匂宮兄妹〉
西尾維新　ネコソギラジカル(上)〈十三階段〉
西尾維新　ネコソギラジカル(中)〈赤き征裁 vs.橙なる種〉
西尾維新　ネコソギラジカル(下)〈青色サヴァンと戯言遣い〉
西尾維新　ダブルダウン勘繰郎《かんぐろう》 トリプルプレイ助悪郎《スケアクロウ》

西尾維新　零崎双識の人間試験
西尾維新　零崎軋識《ぜろざききししき》の人間ノック
西尾維新　零崎曲識の人間人間
西尾維新　零崎人識の人間関係 匂宮出夢との関係
西尾維新　零崎人識の人間関係 無桐伊織との関係
西尾維新　零崎人識の人間関係 零崎双識との関係
西尾維新　零崎人識の人間関係 戯言遣いとの関係
西尾維新　xxxHOLiC アナザーホリック ランドルト環《かん》エアロゾル
西尾維新　難　民　探　偵
西尾維新　少　女　不　十　分
西尾維新　本　　題〈西尾維新対談集〉
西尾維新　掟上《おきてがみ》今日子《きょうこ》の備忘録
西尾維新　掟上今日子の推薦文
西尾維新　掟上今日子の挑戦状
西尾維新　掟上今日子の遺言書
西尾維新　掟上今日子の退職願
西尾維新　新本格魔法少女りすか
西尾維新　新本格魔法少女りすか2
西尾維新　新本格魔法少女りすか3

西尾維新　人類最強の初恋
西村賢太　どうで死ぬ身の一踊り
西村賢太　夢　魔　去　り　ぬ
西村賢太　藤澤清造追影
仁木英之　まほろばの王たち
西川善文　ザ・ラストバンカー〈西川善文回顧録〉
西川　司　向日葵《ひまわり》のかっちゃん
西　加奈子　舞　　台
貫井徳郎　新装版 修羅の終わり(上)(下)
貫井徳郎　妖　奇　切　断　譜
貫井徳郎　被害者は誰？
A・ネルソン　「ネルソンさん、あなたは人を殺しましたか？」
法月綸太郎　雪　　密　　室
法月綸太郎　誰《たそ》　　彼《がれ》
法月綸太郎　法月綸太郎の冒険
法月綸太郎　新装版 密　閉　教　室
法月綸太郎　怪盗グリフィン、絶体絶命
法月綸太郎　怪盗グリフィン対ラトウィッジ機関
法月綸太郎　キングを探せ

# 講談社文庫　目録

## 講談社文庫　目録

濱　嘉之　院内刑事〈フェイク・レセプト〉
濱　嘉之　院内刑事　ザ・パンデミック
馳　星周　ラフ・アンド・タフ
畠中　恵　アイスクリン強し
畠中　恵　若様組まいる
畠中　恵　若様とロマン
葉室　麟　風渡る
葉室　麟　風の軍師〈黒田官兵衛〉
葉室　麟　星火瞬く
葉室　麟　陽《かげ》炎《ろう》の門
葉室　麟　紫匂う
葉室　麟　山月庵茶会記
葉室　麟　津軽双花
長谷川　卓　嶽《がく》神《じん》〈上・白銀《しろがね》渡り〉〈下・湖底の黄金〉
長谷川　卓　嶽《がく》神《じん》伝《でん》　無坂《むさか》(上)(下)
長谷川　卓　嶽《がく》神《じん》伝《でん》　孤猿《こえん》(上)(下)
長谷川　卓　嶽神伝　鬼哭《きこく》(上)(下)
長谷川　卓　嶽神列伝　逆渡《さかわた》り
長谷川　卓　嶽《がく》神《じん》伝《でん》　血路

長谷川　卓　嶽《がく》神《じん》伝《でん》　死地
長谷川　卓　嶽神伝　風花(上)(下)
原田マハ　夏を喪くす
原田マハ　風のマジム
原田マハ　あなたは、誰かの大切な人
羽田圭介　コンテクスト・オブ・ザ・デッド
花房観音　恋塚
畑野智美　海の見える街
畑野智美　南部芸能事務所
畑野智美　南部芸能事務所 season2　メリーランド
畑野智美　南部芸能事務所 season3　春の嵐
畑野智美　南部芸能事務所 season4　オーディション
畑野智美　南部芸能事務所 season5　コンビ
早見和真　東京ドーン
はあちゅう　半径5メートルの野望
はあちゅう　通りすがりのあなた
早坂　吝《やぶさか》　○○○○○○○○殺人事件
早坂　吝　虹の歯ブラシ〈上木《かみき》らいち発散〉
早坂　吝　誰も僕を裁けない

早坂　吝　双《そう》蛇《じゃ》密室
浜口倫太郎　22年目の告白〈—私が殺人犯です—〉
浜口倫太郎　廃校先生
浜口倫太郎　AI崩壊
原田伊織　明治維新という過ち〈日本を滅ぼした吉田松陰と長州テロリスト〉
原田伊織　列強の侵略を防いだ幕臣たち〈続・明治維新という過ち〉
原田伊織　虚像の西郷隆盛　虚構の明治150年〈明治維新という過ち・完結編〉
原田伊織　三流の維新　一流の江戸〈明治は「徳川近代」の模倣に過ぎない〉
萩原はるな　50回目のファーストキス
葉《は》真《ま》中《なか》　顕《あき》　ブラック・ドッグ
平岩弓枝　花嫁の日
平岩弓枝　花祭
平岩弓枝　青の伝説
平岩弓枝　はやぶさ新八御用旅(一)〈東海道五十三次〉
平岩弓枝　はやぶさ新八御用旅(二)〈中仙道六十九次〉
平岩弓枝　はやぶさ新八御用旅(三)〈日光例幣使道の殺人〉
平岩弓枝　はやぶさ新八御用旅(四)〈北前船の事件〉
平岩弓枝　はやぶさ新八御用旅(五)〈諏訪の妖狐〉
平岩弓枝　はやぶさ新八御用旅(六)〈紅花染め秘帳〉

2020年12月15日現在